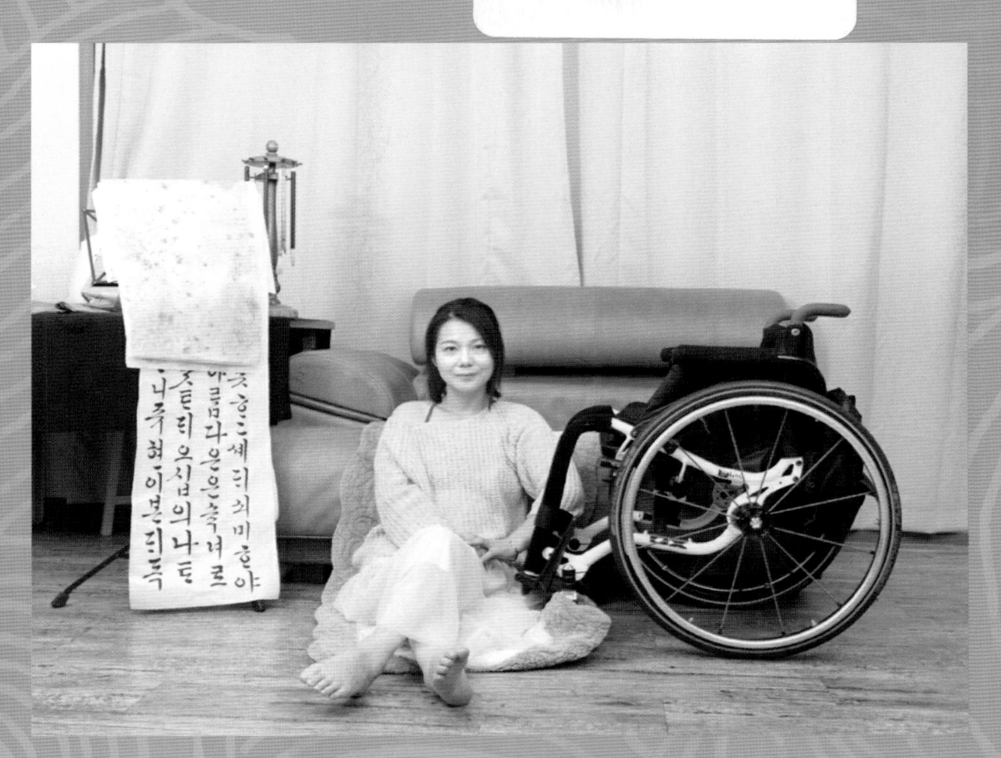

캘리그래퍼 이은희

꿈

담대하라

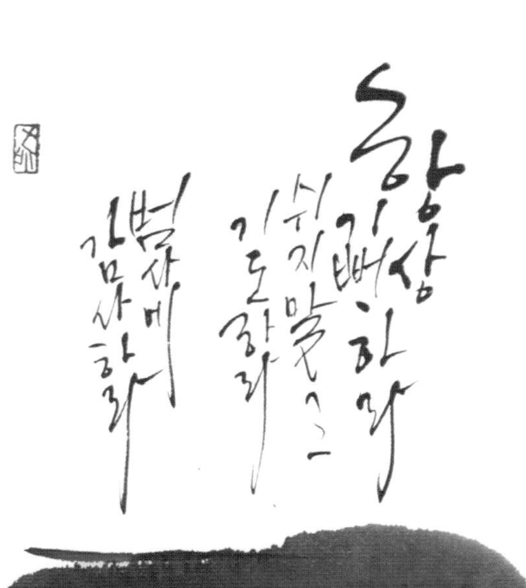

항상 기뻐하라

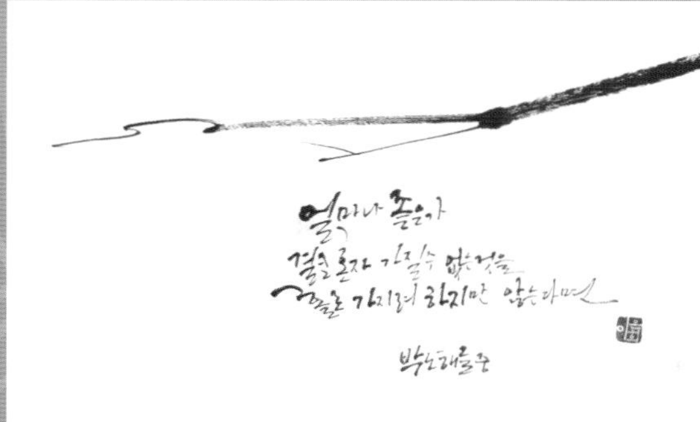

박노해 글 얼마나 좋은가

길 2

오직 사랑

앞이 안 보인다고
주저하지 말아라
힘이 모자란다고
포기하지 말아라
오직 사랑
사랑만을
점검하라

박노해 사랑이 우리를 데려다 주리라

박노해 글 사랑이 우리를 데려다 주리라

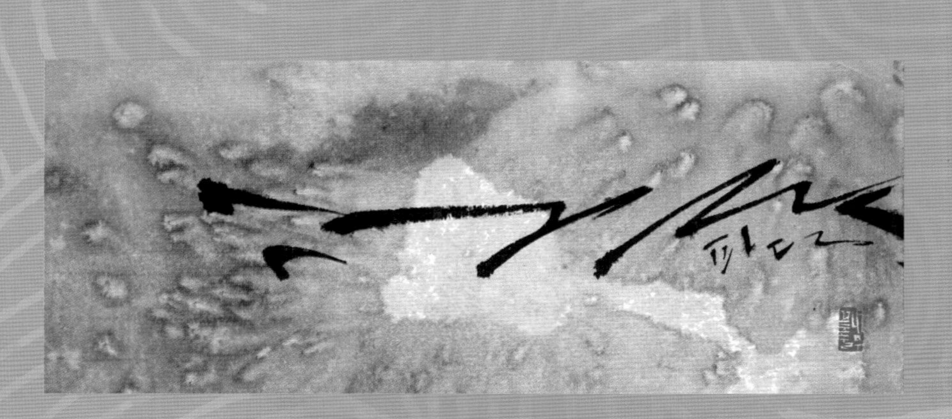

꽃 피다

부채

꽃길

누구 시리즈 8

붓으로 세상을 잇는 캘리그래퍼 이은희–**누구 시리즈 8**
이은희 지음

초판1쇄 발행 2017년 12월 19일

지은이 이은희
펴낸이 방귀희
펴낸곳 도서출판 솟대
등 록 1991년 4월 29일
주 소 서울시 금천구 서부샛길 606, 대성지식산업센터 b동 2506-2호
전 화 02)861-8848
팩 스 02)861-8849
홈주소 www.emiji.net
이메일 klah1990@daum.net

제작 · 판매 연인M&B 02)455-3987

값 10,000원

ISBN 978-89-85863-67-4 03810

주최 사 한국장애예술인협회

후원

국립중앙도서관 출판시도서목록(CIP)

이 도서의 국립중앙도서관 출판예정도서목록(CIP)은 서지정보유통지원시스템 홈페이지(http://seoji.nl.go.kr)와 국가자료공동목록시스템(http://www.nl.go.kr/kolisnet)에서 이용하실 수 있습니다.
CIP제어번호 : CIP2017030911

붓으로 세상을 잇는 캘리그래퍼 이은희

이은희 지음

글씨로 들려주는 마음

여는 글

'괜찮아', '잘했어', '기특해'

아주 작은 새잎이 돋기 시작한다. 얼마나 예쁜지 바라만 보고 있어도 모든 시름이 다 잊혀질 듯하다. 새싹과 바람이 만든 연둣빛 소리가 난다. 조용한 봄의 한낮, 거실에 놓인 책상에 찾아든 빛을 만나며 옛 기억에 잠긴다.

출생부터 바로 지금까지 지나온 내 시간 길을 거슬러 좇다 보니 놀랍게도 장애가 없었던 시간과 장애를 가진 시간이 거의 반반쯤 되는 나이가 되었다. 이제 40대 중반을 갓 넘어서고 있으니 고작 삶의 반 정도를 살았다. 그 시간을 생각하노라니 잊고 싶지 않은 소중한 기억과 머쓱한 사건들이 스쳐 간다. 그 모든 추억과 잊고 싶은 사건들마저도 내게 큰 자생력이 되었다.

오늘, 특별히 지난 시간을 추억하는 것은 그동안 나 자신에게나 타인에게 엄격한 잣대를 들이댔던 것에 대한 미안함을 전하기 위해서이다.

또 많은 것이 서툴렀던 내게 '괜찮아', '잘했어', '기특해'라는 격려와 위로의 말 한마디 해 주고 싶어서다.

그렇다고 내 삶이 뭐 그리 드라마틱한 것은 아니었다. 두 번 떠올리고 싶지 않은 심각한 문제가 있었던 것도 아니고 가슴 뭉클한 감동이 넘실

댈 만큼 스토리가 존재하는 것도 아니다. 다만 지난 시간과 현재를 기억하고 미래의 모습을 이야기하려는 것은 이제는 단순하고 겸손하게 삶을 살아가야만 한다는 것을 깨달아 가고 있는 나이가 되었기 때문이고, 또 지난 삶을 편안하게 추억으로 간직하고 앞으로의 삶을 감사와 기쁨으로 계획하고 싶어서다.

살면서 몇 개의 큰 산을 넘었다. 산 아래서는 그 높이를 가늠하며 어떻게 오를까 거칠게나마 계획도 세워 보고 씩씩한 척 힘차게 걸음을 떼었다. 체구는 작지만 속칭 '맨주먹'으로 무장한 시골 소녀 특유의 '깡다구'가 있었기에 시작은 늘 당당했다. 그렇게 산을 만만하게 보고 올랐으나 길은 점점 험해졌고 만만치 않았다. 산중턱에서는 되돌아 내려갈까 고민도 하고 몰래 눈물을 훔치기도 했다.

그래도 나름 그 산을 잘 넘어온 과정을 생각하니 매 순간 나를 믿었고 자신감에서는 뒤처지지 않았다는 생각이다. '최선을 다하는 것', 그것이 때로는 성급하고 설익은 생각에서 나온 상황판단이었어도 '나는 옳다.'는 것을 의심하지 않았다. "세상에 노력해서 안 될 게 뭐 있어." 그때는 어려선지 세상은 정직하다고 믿었다.

따사로운 햇살이 비추는 거실, 서예 책상 위에 붓, 먹물, 종이, 물감 들이 흐트러져 있다. 가지런하지 않은 것이 더 정겹다. 이젠 조금 흐트러지고 게을러지고 싶다.

한낮의 너그러움이 가득한 그 속에서 이제 나의 이야기를 시작해 볼까 한다.

2017년 겨울

캘리그래퍼 이은희

차례

또 딸! 이은희

...

시골 작은 마을에 하루가 마냥 즐겁고 뛰어다니기 좋아하는 한 아이가 있었다. 지금으로 말하면 이른바 '꼬맹이 오지라퍼'. 늦은 귀가에 엄마의 꾸중을 배부르게 들은 뒤에야 이미 식어 버린 저녁밥을 먹으면서도 머릿속으로는 바로 다음 날 놀 계획을 세우느라 바빴다. 그리고 상상만으로도 또 재미있을 소꿉장난의 연작을 기대했다. 그 아이가 나, 이은희이다.

나는 충청남도 홍성의 작은 시골마을에서 태어났다. 위로 언니가 셋이었으니까 네 번째…… 막내딸이다. 아버지와 어머니는 내심, 아니 진심으로 아들이기를 바랐지만 또 네 번째도 딸이 태어났다. 엄마의 임신한 뱃속 모양이나 입덧으로 당기는 음식들이 꼭 아들 같았고, 바로 위 언니의 이름을 '양호'란 남자 이름으로 지으면 아들을 낳을 수 있을 거라고 기대하셨지만, 부모님의 바람은 보기 좋게 어긋나고 만 것이다.

내가 태어난 날, 또 딸이란 것을 알게 된 어머니는 산고보다 더한 고통으로 눈물을 흘리셨고, 실망이 크셨던 아버지는 조용히 밖으로 나가셨다가 늦은 밤에 흥건히 취해 돌아오셨다고 한다.

위로 세 언니들이 있는데 그중 둘째 언니의 모습도 재미있었더란다. 연이어 여자만 태어난 것이 집안에 짙게 드리운 '불행'이 난 듯, 두려운 마음에 당시 7살이었던 둘째 언니가 펑펑 울었다니 지금 상상해 보면 우습고 슬픈, 요즘 애들 말로 '웃픈' 일이다.

내가 태어난 다음해 다행히도 어머니는 그토록 고대하던 아들을 낳으셨다. 나와 연년생으로 태어난 동생을 보면서 아버지와 어머니는 크게 기뻐하셨다. 게다가 동생은 아버지와 어머니의 얼굴 중 잘생기고 예쁜 부분을 닮아서 뚜렷한 이목구비를 가진 미남이다.

오랜 기다림 끝에 세상에 나온 남동생은 당연히 집안의 귀한 존재였다. 그렇게 간절히 바라던 아들이 태어나고, 또 당연히 그만큼 귀한 아들이었지만 부모님은 도드라지게 아들에게만 사랑과 관심을 두지는 않으셨다. 텔레비전 드라마에서 보았던 것처럼 귀하고 좋은 음식은 몰래 숨겨 두었다가 남동생에게만 주었다든가, 좋은 옷은 꼭 아들만 입혔다든가 하는 일은 하지 않으셨다. 아버지는 여자라고 기죽을 것 없다 말씀하셨고, 내가 첫 대학 입시에 실패한 후 재수를 할 때도 도움을 주시고 응원하고 뒷바라지해 주셨다. 시골 살림이 그다지 녹록치 않았음에도 다섯 아이들 교육만큼은 최선을 다하셨다.

위로 세 명의 언니들도 남동생의 탄생을 크게 기뻐했다. 언니들은 남동생이 사랑스러워 서로 안아 보려고 실랑이를 벌이기도 했다고 한다.

부모님은 아들이라고 특별히 잘해 주시고 그러진 않으셨지만 동생과 나를 바라보는 부모님의 눈빛의 의미가 달랐던 것을 안다. 동생을 바라보는 부모님은 아들이 곧 당신들의 자부심이었다. 그러니 누구도 눈치를 주는 일이 없지만 딸들은 모두 정확하게 설명하기 어려운, '딸이라서 미안함' 을 마음에 담고 있었다.

그 당시 아들을 가진 기쁨이 얼마나 컸던지 그 또래 아들을 두신 동네 어머님들끼리 아들을 안고 사진관에서 기념사진도 찍었다. 어린 마음에도 그 사진을 보며 부러워했던 기억이 있는데, 지금 생각하면 그 시절 아들을 낳아야 기를 펴고 살았던 어머니들의 삶이 안쓰럽다.

부모님은 이웃들과도 다정하게 잘 지내고 따뜻하고 좋은 인상을 남기셨다. 그리고 우리에게는 남에게 신세를 지거나 피해를 주면 절대 안 된다는 가르침을 자주 하셨다. 옷차림도 깔끔하고 단정하게 하고 윗사람들에게 인사도 잘해야 남들에게 손가락질을 당하지 않는다고 말씀하셨다. 심지어 아버지는 집 마당에서 고기를 구워 먹으면 냄새를 피워 남에게 피해가 간다며 못하게 하신 적도 있었다. 그렇게 우리 자매들은 밖에서는 크게 모나지 않고 성격 순하고 성실하다는 칭찬을 받으면서도 '난 부족해', '아니야', '부끄러워' 하며, 남의 시선에 갇혀 자신의 장점을 감추기에 급급하고 자신을 표현하는 데도 익숙하지 못했다. 생각하면 안타깝고 아쉬운 마음이 크다.

동생은 건강하게 잘 자란 것은 물론이거니와 씩씩하고 개구쟁이기도 해서 늘 볼은 발갛게 상기되어 있었다. 남동생은 가족의 기쁨이고 즐거움이었다. 나 또한 초등학교에 들어가기 전 받아쓰기 연습을 하는데 (엄마가 보관해 주신 어린 시절 받아쓰기 자료가 있다), '이은희'를 먼저 쓰고 그다음 '엄마', '아빠'를 쓴 다음에는 '이영웅 남자.'를 썼다. 동생 이름에다 굳이 남자를 쓰면서 동생의 존재감을 드러내고 싶었던 것 같다.

나는 한 살 아래 동생이 무엇이든 다 잘했으면 싶었다. 심지어 동생이 딱지치기를 할 때에도 다른 아이보다 딱지를 많이 땄으면 좋겠다고 생각했고, 급기야 누가 쳐도 넘어가지 않을 두꺼운 딱지를 만들어 공수해 줬다.

어린 시절 내게 주어진 역할, 자식과 누나 된 도리를 잘하고 있다 확인받는 것을 좋아했다. 지금 돌이켜보면 사실 귀한 남동생에게 잘하면 부모님께 칭찬과 인정을 받을 수 있을 것 같아 그랬던 것 같다.

웃음이 채우고 꿈이 돌본 어린 시절

...

어릴 적 놀이터는 집 앞 공터에서 가까이 있는 초등학교 뒷산에 이르는 온 동네였다. 집에서 해도 되는 빨래를 굳이 옆 동네 우물가로 가는 언니들을 따라 빨래도 하러 다니고 동네 오빠들 따라 학교 뒷산에 올라가서는 진달래, 아카시 꽃도 따먹고, 칼싸움 놀이를 위한 나뭇가지도 꺾고, 친구들과 '골둑이'란 돌을 캐내어 시멘트 바닥에 하얗게 글씨를 쓰면서 동네 동생들에게 글씨를 가르치며 놀았다.

"난, 엄마가 되고 싶다. 선생님도 되고 싶어~"

"그래, 은희야 넌 좋은 엄마, 선생님 될 수 있을 것 같아."

"아들, 딸도 많이 낳고 난 진짜 좋은 엄마가 될 거야, 아이들을 데리고 산으로 들로 돌아다니며 여행도 많이 하고 이야기도 많이 들려줄 거야! 북적북적 아이들이 많으면 함께 뭘 해도 행복하고 신날 것 같아!"

그런가 하면 가끔은 혼자 옥상 위에서 밑을 내려다보며 지나가는 사람들 구경하기를 좋아했다.

또 농사짓는 친구 집에 놀러 가서는 감자와 고구마를 함께 캐고 양봉하는 친구 집에서는 죽은 벌들을 하늘로 보내 주기 위해 땅에 고이 묻어 주다 벌에 쏘이고, 매를 키우는 친구가 있어 매의 먹이를 조달하기 위해 작은 연못으로 개구리를 잡으러 다녔던 기억은 꺼낼 때마다 웃음 흘리는 귀한 추억이다. 과수원을 하는 친구 집에서는 사과 따는 작업을 도와드리고 저녁까지 얻어먹었다. 수고했다고 주신 사과 한 포대를 이고 언덕을 넘어오는 중에 포대에 구멍이 나서 데굴데굴 구른 사과를 발동동거리며 바라봤던 일도 있다. 결국 그날 엄마는 얘기도 없이 늦게 귀가한 나를 밖으로 쫓아내셨다. 그날 함께했던 친구와 그 일을 추억할 때면 배꼽이 빠지고 얼굴이 빨개질 정도로 박장대소한다.

어릴 적 나는 잘 웃는 아이였다. 게다가 공부도 조금 잘하고 반 친구들과도 잘 지내 선생님들이 예뻐하셨다. 웃기도 잘하고 인사성도 바르니 마을 어르신들 역시 의젓하고, 바른 아이라고 많이 칭찬하셨다. 그런데 엄마만은 내게 '여자가 웃음이 헤프면 못 쓴다.' 하셨다. 하지만 매일 즐겁고 재미있는 일도 많았기 때문에 난 참으려 해도 입술을 비집고 나오는 웃음을 감출 수 없었다.

초등학교 시절 부반장을 맡은 적이 있었는데 그때야말로 잘 웃던 웃음의 힘이 발휘되었다. 늘 잘 웃는 내게 친구들은 짜증을 내거나 화를 낸 적이 거의 없었다. 그래서 그랬는지 가끔 다른 반 여자 친구들이 친해지고 싶다는 쪽지를 건넸다. 그것은 내가 좋은 사람이어서가 아니라 친구들이 그렇게 인정해 주었기 때문이었다.

이미 그때부터 알고 있었던 것 같다. 웃으면 좋은 일도 더 많이 생기고, 설혹 좋지 않은 일이 있다고 해도 곧 그것이 좋은 일로 바뀔 수 있다는 것을 말이다. 지금까지도 열렬하게 좋아하고 사랑하는 빨간 머리 앤도 늘 웃고 희망을 버리지 않았기 때문에 어떤 상황에서든 힘을 잃지 않았고 결국에는 행복할 수 있었다. 그 앤 덕분에 주변 사람들 또한 늘 웃고 감사한 생활을 할 수 있었다.

난 소꿉놀이만큼 책 읽기도 좋아했다. 한글을 배운 이후부터는 언니들의 책꽂이에 얌전하게 줄 맞춰 서 있는 책들에게서 눈을 떼지 못했다. 남의 집에 가서도 책꽂이에 먼저 시선이 갔다.

책을 좋아하다 보니 나이에 맞지 않는 언니들, 선생님들 책을 읽을 때도 많았다. 심지어 아는 오빠 집에서는 『선데이서울』이란 잡지에 눈을 빠뜨리고 말았는데, 이 책이 19금서란 사실은 뒤늦게야 알게 되었다.

제목이 멋진 책을 먼저 골라 꺼내 읽었는데 책 읽는 시간은 늘 달리기처럼 빠르게 지나갔다. 『빨간 머리 앤』, 『작은 아씨들』, 『80일간의 세계일주』, 『톰소여의 모험』 등 제목부터 근사한 책은 표지 또한 얼마나 멋진지 한참을 들여다보아도 지루하지 않았다. 특히 『작은 아씨들』을 읽을 땐 꼭 우리 네 명의 딸을 보는 것 같기도 해서 책 내용에 확 빠져들었다. 특히 천방지축 사내 같지만 속 깊은 둘째딸 '조'를 보면서 '실제인물이라면 마음 참 잘 맞는 친구가 될 텐데.' 하는 생각에 괜히 혼자 설레기도 했다. 또 수십 번도 더 읽었던 『15소년 표류기』를 읽으면서는 아이들만의 세상, 모험, 낯선 장소 등, 어딘가에는 그런 나라가 있을 것도 같아서 첫 장을 넘길 때까지 가슴이 두근두근했다.

책은 또 다른 세상을 보여 주었다. 그리고 그 세상 속으로 꼭 한 번 가고 싶었다. 크고 넓은 세상에서는 얼마나 재미있는 이야기와 사람들이 많을지 당장이라도 떠나고 싶은 마음에 책을 읽는 내내 발가락이 움찔움찔했다. 그리고 어른이 되면 꼭 한 번 세상 여기저기로 여행을 떠나 보리라 결심했다. 발길이 닿는 대로 걸어서 새로운 사람도 만나고 새로운 장소도 알아 가는 재미있는 일을 경험하고 싶었다.

"언니, 난 어른이 되면 캐나다에 가려고."

"왜, 하필 캐나다야?"

"빨간 머리 앤 만나 볼라고. 프린스에드워드섬에 빨간 머리 앤이 살았던 집이 있대."

"아…… 은희야, 그 사람 캐나다에 없어."

"왜?"

"그 사람…… 이미 하늘나라 갔지."

"앙…… 그래? 그래도 앤이 살았다던 집은 꼭 가 볼 거야."

결국은 아직 프린스 에드워드 섬에 못 가봤지만, 빨간 머리 앤 작은 피규어를 주방 한켠에 놓아 두고 볼 때마다 꼭 가리라 기다려라~ 흐뭇한 미소를 보낸다.

하루 종일 방에 엎드려 책을 읽노라면 날은 금세 어두워지기 일쑤였다. 밥 때도 모르고 책을 읽다가는 엄마의 밥 먹으라는 재촉이 있은 후에야 겨우 밥상에 앉았던 일도 잦았다. 또, 밥 먹으면서 책을 읽는 습관이 들어 책에 김칫국물 뚝뚝 흘리던 통에 엄마한테 늘 호되게 야단을 맞았다. 특히 『빨간 머리 앤』은 밥을 먹으면서도 수십 번을 읽어 외울 정도였다.

빨간 머리 '앤'을 참 좋아해, 1999년 캐나다 서부 쪽으로 여행을 했던 적이 있었는데, 그토록 가고 싶었던 로키 여행을 포기하고 앤 영화 시리즈 비디오테이프와 영문의 두꺼운 『Anne of Green Gables』 책을 사들고 왔다.

고아였지만 건강하고 밝게 잘 자란 앤이 고향 마을의 선생님이 되었을 때는 정말 내 일처럼 기뻤다. 나도 앤처럼 선생님이 되어서 우리 고향 마을의 선생님이 되고 싶었다.

초등학교 4학년 때는 짝꿍이었던 '재은'이와 학교 도서관 창문으로 숨어 들어가 도서관에서 자주 책을 읽었다. 도서관 특유의 나무 냄새, 책 냄새를 맡으며 종일 책을 읽었던 일은 지금까지도 웃음이 나는 추억 중의 하나다. 고요함 속에서 사르락 책장 넘기던 소리는 그 시간들, 어린 시절을 충만하게 채워 주었다. 충청남도 홍성의 결성초등학교는 마냥 즐겁고 꿈 많은 소녀의 꿈을 키우고 자라게 한 꿈동산이었다. 지금은 재건축으로 그 도서관은 없어졌지만 우리와 함께 성장한 100년 넘은 초등학교의 벚꽃은 여전히 나를 맞아준다.

진흙 속의 진주

···

중학교 1학년 때 담임 선생님은 참 무서웠다. 음악과목 선생님이셨는데 외모도 대부분의 학교 음악실에 걸려 있는 인상 쓴 베토벤의 초상화 액자에서 툭 튀어 나오신 듯했다.

얼마나 꼼꼼하고 완벽을 추구한 분이셨던지 우리는 아침에 등교하자마자 정해 준 시간에 맞춰 교문 앞길을 깨끗하게 비질을 해야 했고, 교실로 돌아와서는 숨소리마저 죽이며 조용히 자습을 해야 했다. 자습을 조금 한 후에는 수학문제 풀이를 해야 했는데, 반장인 내게 수학이 부족한 아이들을 가르치라 하셔서 되지도 않는 실력에 수학을 가르치느라 대략 난감하였다. 이렇듯 반장이라서 더 혼났던 터라 다른 친구들보다 더 많이 긴장했고, 울고 싶었던 그때가 고작 14살 소녀였다.

그런데 학년이 끝날 즈음 선생님의 진심을 알 수 있었던 일이 생겼다. 아버지와 선생님이 막걸리 한잔을 드신 모양이었다.

"은희는 정말 잘할 수 있는 아이니 부모님이 큰 관심을 가지고 잘 키

중학교 1학년 때

워 주시면 좋겠습니다." 라고 아버지께 말씀하셨다 했다. 그리고 1학년 이 끝나는 기말시험 성적표에 이렇게 적혀 있었다.

"넌, 진흙 속의 진주란다. 분명 빛나게 될 것을 믿어야 해. 본인이 그 가치를 인정하고 갈고 닦지 않으면 그 빛을 잃고 말아."

조금 당황스러웠다. 무섭고 까다롭기만 한 선생님이 그런 기대와 희망을 가지고 계실 거라는 생각을 하지 못했기 때문이다. 나는 학교 행사에 매번 참가하기를 종용한 선생님의 뜻을 '꼭 수상하여 우리 반을 최고 반으로 만들라' 는 압박 정도로 생각했고 마땅히 반장으로서 해야 할 일인 양 말씀하셨기 때문에 선생님의 숨은 마음을 짐작조차 할 수 없었다. 그런데 호통을 자주 치셨던 그 무뚝뚝한 선생님이 내게 큰 관심을 가지고 있었다니.

늦게나마 선생님의 마음을 알게 된 것이 좋았고, 무엇보다 아쉬운 딸로 태어나 자존감이 무척 낮았던 나 자신에 대한 신뢰감이 단단해졌다. 중학교 1학년 기말고사 성적표에 써 주신 그 글은 내 인생에 특별한 선물이 되었다.

어린 시절, 밥 먹는 것도 잊은 채 빠져 있던 것은 독서만이 아니었다. 책을 읽으며 주인공의 얼굴이나 이야기가 한창인 배경을 상상하고 그것을 그림으로 그려 보는 일은 참 재미있었다.

큰언니는 학교에서 돌아오면 늘 공책에 그림을 그리는 것으로 시간을 보냈다. 시골 형편에 다섯 자매를 다 대학에 보내긴 어려웠다. 일찌감치 대학 진학의 뜻을 접었던 큰언니는 여상을 졸업한 이후로도 그림 그리기를 멈추지 않았고 결국 지금은 화가의 길을 걷고 있다. 화가로 활동하고 있는 큰언니의 영향을 받아서인지, 어릴 적 언니가 그림을 그리면 나도 옆에서 함께 그림을 끄적거렸다.

그러는 동안 내 마음속에 화가의 꿈이 조금씩 자라나고 있었던 모양이다.

『80일간의 세계일주』를 읽으면서는 한번도 가 보지 못했던 나라의 낯선 풍경을 그리면서 훨씬 더 크게 감동할 수 있었다. 그리고 어른이 되면 반드시, 꼭 배낭 하나 달랑 메고 세계 여행을 해 보리라 결심도 했다. 그때 이미 세계 여행을 시작하면서 타고 떠날 튼튼하고 예쁜 기구도 그렸던 것 같다.

알록달록한 큰 기구를 턱 그려 놓고는 벌써부터 시작한 여행으로 들뜨고 설레었다. 기구를 타고 여행하면서 본 인상적인 모습들을 그리면서 세계 여러 곳의 사람들을 만나고 그들이 입은 옷, 나와는 다른 말, 표정, 문화 등을 자세하게 보고, 듣고 싶었다. 그리고 각자의 말이 달라도 서로의 느낌과 생각이 통하는 그림을 보여 주고 한글로 이름을 써 주며 친구가 되는 상상을 했다. 나는 학생들에게 좋은 책을 읽어 주고 함께 그림 그리는 상상을 하면서 꼭 좋은 선생님이 되고 싶다는, 꿈이 자라는 소리를 들을 수 있었다.

인생 첫 실패를 대하는 나의 자세

...

지금도 그렇지만 어릴 때부터 책을 읽고 공부를 하고 아버지와 어머니의 꾸중을 들을 때나, 언니의 대학 생활, 사회생활 이야기를 들으면서 나만의 생각에 빠져 있었던 것 같다. 종종 현재를 출발하여 급히 미래로 달리는 급행열차를 타 버리는 것이다.

'나도 대학생이 되면 하고 싶었던 아르바이트도 하고 미팅도 하고 그래야지~ 근데 화장은 어떻게 하는 거래? 치마는 자주 입어 보지 않아서 선배님들을 만나면 무척 긴장되겠다…….'

몸은 여기에, 생각은 아주 먼 곳에 닿아 있었던 것이다. 난 빨리 어른이 되고 싶었고 어른이 되어서 할 일, 계획했던 일들에 신나게 몰입하고 싶었다. 새로운 곳에서 다양한 경험도 하고 여러 사람들을 만나고 싶었다. 그러나 대학 입시를 앞두고 주변 분들의 기대를 업은 부담감이 마음을 흔들어 놓아서인지 입시 준비를 제대로 하지 못했다. 결국 아쉽게도 사범대학에 가고 싶었던 소망은 이루어지지 않았다. 재수를 결심하고 당시 고등학교를 다니는 남동생과 셋째 언니가 살고 있는 서울에서 재수 준비를 했다. 첫 서울 입성인데, 버스 타는 것조차 왜 그리 어려웠는지, 몇 번을 잘못 타서는 자주 애를 먹었다.

학원을 다니며 공부하다가 입시 몇 달을 남기고 갑작스럽게 서예과로 전과 결정을 내렸다. 솔직히 말하면 사범대학에 또 떨어질 것 같은 두려움이 컸기 때문이었다. 생각 끝에 초·중·고 시절 꾸준하게 칭찬받았던 미술이 생각났고 그것이라면 자신 있게 해 볼만 했다. 그중에서도 학교 대표로 뽑혀 대회에 나갔던 서예가 생각났다. 붓글씨 쓰기는 마음을 안정시키고 생각의 균형을 잡아 주었다. 그리고 정성들여 쓴 글이 무아지경, 그때의 마음을 보여 주고 있는 것 같아 매력적이었다. 왜 옛 선인의 글씨를 보면 그분의 성격과 품성을 엿볼 수 있지 않던가.

재수를 시작하면서 함께한 진로에 대한 고민과 결정은 곧장 재수 생활의 구체적 계획으로 이어졌다. 시간을 아끼고 쪼개서 움직였고 정해진 일 이외에는 다른 일을 하지 않았다. 최대한 스스로를 절제했던 시간이었다.

이른 새벽, 집을 나서 단과 반 첫 강의를 듣고는 주변에서 점심부터 오후 6시까지는 입시 서예학원을 다녔고 오후부터 밤 12시까지 화실에서 데생을 연습했다. 재수 초반엔 아르바이트도 했지만 입시 몇 달을 남기고는 아르바이트는 그만두었다.

새벽에 집을 나설 즈음에는 오늘도 나와의 약속을 지킨 내가 기특했고 새롭게 시작되는 하루에 가슴 가득 서서히 희망이 차올랐다. 학원과 아르바이트를 마치고 밤늦게 돌아오는 길에는 일을 무사히 끝내고 하루를 마감했다는 편안한 마음이 피곤함 사이로 자리잡았다. 나도 모르게 감사와 평안이 생겨났다. 새벽부터 늦은 밤까지, 평생 그렇게 열심히 산 적도 드물었다. 그렇게 인생 첫 실패가 만든 시간의 공간을 인생 최고의 성실함으로 채웠다.

그리고 어김없이 시간은 흘렀다. 계절이 바뀌고, 꽃도 철따라 피고지기를 부지런히 해냈다. 그해 겨울 드디어 대학 입학에 성공할 수 있었다. 목표로 했던 원광대학교 미술대학 서예학과에 합격했다. 공중전화 수화기 너머에서 들려오는 청명한 ARS 음성은 그해 최고의 선물이었다.

> 패배는 나의 깨침
> 깨져야 깨친다
> —박노해 글 중

원광대학교 서예학과에는 대한민국의 내로라하는 서예가들이 모두 모여 있었다. 우리나라에서 최초로 생긴 학과였기 때문에 그동안 개인적으로나 학원 등에서 서예를 가르치시는 선생님들도 대거 입학하셨다. 때문에 아직 초보자인 나는 주눅이 들 수밖에 없었고 언제쯤 돼야 이분들처럼 일필휘지할 수 있을지 부담감이 생겨났다.

서예학과는 단순히 글씨를 연습하는 것뿐만 아니라 서체를 만든 이들의 철학과 역사적 배경 등에 대해서도 공부해야 했다. 그렇기 때문에 사고의 체계와 깊이를 다듬는 데에 힘을 쏟아야 했다.

나는 훌륭한 조선 시대 서예가 중 한 사람인 한석봉을 존경했다. 우리가 흔히 우스갯소리로 회자되는 '너는 글을 쓰거라, 나는 떡을 썰 테니……'의 그 한석봉이다. 그는 타고난 글쓰기의 천재였다. 아버지를 일찍 여의고 너무나 가난해서 서당을 다니거나 먹과 종이를 살 돈도 없었다고 한다. 스스로 찾아 공부하지 않으면 사방이 막혀 도움받을 곳이라고는 전혀 없었던 것이다. 전해지는 일화에 의하면 지독하게 가난했던 그는 손에 물을 찍어서 항아리나 돌 위에다가 글씨 연습을 했다고 한다. 가난 속에서도 아들을 가르치려는 어머니의 뜨거운 열정이 뒷받침되어, 석봉은 자신의 재능을 갈고닦을 수 있었던 것이다.

그는 여러 작가의 필법을 익혔고 자기만의 독특한 서체를 만들어 냈다. 그때까지만 해도 중국의 서체와 서풍을 모방하던 풍조를 깨트리고 독창적인 서체를 개발한 것이다. 많은 서예가들은 그의 서체를 거침없고 시원시원하다고 평가하는데 아마도 어려운 환경 속에서도 굴하지 않았던 그의 용기와 굳은 의지가 담겨 있기 때문이 아닐까 생각한다. 그의 글을 보고 있노라면 화려하고 힘 있는 서체에 대한 감탄뿐 아니라 글씨에 담긴 그의 어려움에도 굽히지 않았던 의지와 용기까지를 느끼고 배울 수 있었다.

그림에 담고 싶었던 이야기와 환경 속에서 받은 다양한 감정과 감동을 고요하지만 명료한 글로 표현하고 싶었다. 한석봉처럼 힘차고 정직

대학 동아리 친구들과

하게 생각과 마음을 글로 담아내고 싶었다. 그것은 전공 학생으로서의 소망이었다. 그러나 참 어렵고 어려웠다. 서예가의 글씨를 흉내 내는 것조차 잘하지 못하면서 내 생각과 감정을 글로 표현하겠다는 것은 지극한 교만이었다. 이 길이 내 길이 아닌 것 같았고 '나처럼 가볍고 가벼운 생각에 젖은 사람이 과연 글을 쓸 수는 있는 것인가.' 의심했다.

'그래, 글씨는 기술이 아니다. 내 마음이다. 마음의 평안을, 생각의 끝을 찾아서 그대로 욕심 없이 써 보자.'

有子曰 其爲人也孝弟 而好犯上者鮮矣
不好犯上 而好作亂者 未之有也
君子務本 本立而道生
孝弟也者 其爲仁之本與

유자가 말하였다.
"그 사람됨이 부모에게 효성스럽고 형에게 공손하면서
어른을 거스르기를 좋아하는 자는 드물고,
어른들을 거스르는 것을 좋아하지 않으면서
세상을 소란스럽게 하는 것을 좋아하는 자는 없었다.
군자는 근본에 힘쓰니, 근본이 서면 길이 생긴다.
효성과 우애는 인을 실천하는 근본이다."

논어에 있는 말씀이다. 입학 이후 빨리 내 존재를 인정받고 칭찬받고 싶은 마음에 방향을 잃고 서두르다가 낙망한 내게 힘이 되는 말씀이었다. 나뿐만 아니라 많은 사람들은 세상의 평가와 인식에 끌려 다니면서 나를 거기에 맞추려고 하는데 그렇게 하면 정작 나를 잃어버리고 어떤 일이든, 진정으로 최선을 다해서 잘 해낼 수 없게 된다.

중요한 것은 근본적인 것을 바로 하는 것이다. 말씀은 부모에게 효성하고 형제자매들과의 우애를 강조하고 있지만 좀 더 넓혀 보면 사람됨의 근본을 따지는 것처럼 무슨 일에든 그 근원을 구하라는 것이다. 겉으로 드러난 것에 매달리지 말고 내면으로 들어가 거기에 숨어 있는 본질을 보아야 한다는 가르침으로 이해할 수 있다.

우리는 파도를 보면서 바다라고 말한다. 나무를 보면서 자연을 이야기 한다. 그러나 파도가 없어도 바다는 있으며 나무가 없다 해도 자연은 존재한다. 보이는 몇 가지를 가지고 그것을 전체로 일반화시키는 어리석음은 우리를 조급하게 할 뿐이다. 때문에 보여 주기 위한 몇 가지 성과를 만들어 내려고 갖은 편법을 동원하고 자신의 능력을 과신하며 부스러질 힘에 도취한다. 그러다가 결국 자멸한다. 근본과 본질을 외면하고 만들어진 성과는 곧 그 힘을 잃고 만다. 모든 것을 던졌던 사람들이 매번 갈급함과 조급함으로 자신을 갉아먹으며 살았던 결과다.

선인의 말씀은 하루 빨리 잘하고 싶었던 내 조급함의 문제를 깊숙이에서 드러내 보여 주었다. 그리고 다시금 근본을 검토할 수 있도록 안내했다. 근본이 바로 서면 길은 저절로 생긴다. 길은 결과적 현상이지

공략의 대상이 아니었다. 나는 '本立而道生', 근본 이치와 진리가 만든 길은 분명히 있음을 거듭 상기하면서 마음을 다잡을 수 있었다.

전공과 관련해서 한참 동안 답답했던 생각과 마음은 민중노래패 동아리 활동으로 상쇄시킬 수 있었다. 학우들과 어울려 목청껏 불렀던 민중가요는 '노력하면 누구나 잘 살 수 있다.'는 확신과 지금은 작고 어두운 현실이지만 분명히 미래는 크고 밝다는 진실과 희망을 주었다. 건강한 땀과 노동이야말로 희망찬 내일을 만들어 주는 유일한 방법이고 우리는 그것을 실현하기 위해서 돈의 권력과 맞서야 한다고 주장했다.

전공 공부에서 큰 벽을 만나고 공부에 대한 나의 태도와 자세를 반성하게 되면서는 '배운다', '공부한다'에 대한 실천적 태도를 적극적으로 견지하려고 노력했던 것 같다. 솔직히 그 시절 나의 노래는 노동자들을 위한다기보다는 나 자신을 향한 다짐이고 확신이었고 위로와 격려였다.

함께 노래패 활동을 했던 친구 '조성일'은 졸업 후에도 오랜 시간 민중노래패 '꽃다지' 활동을 했고 몇 년 전 솔로로 데뷔하면서 여전히 노래로 인권과 환경에 대해 노래하고 사회의 부조리를 비판하고 있다. 친구는 소외된 곳에 서서 노래로 힘을 주고 함께하는 연대가 필요하다고 외치고 있다. 그의 노래는 그곳에서 새로운 희망의 뿌리를 튼실하게 내리고 있는 것이다.

고요하고 화창했던 그날, 사고를 만났다

• • •

1학기 기말시험을 앞둔 즈음이었다. 친구들과 여럿이 집으로 가던 중 좋아하던 다른 과 선배가 데이트 신청을 했다. 그런데 친구들과 함께 있던 터라 마음에도 없는 거절을 했다. 마음 다쳐 쌩하고 지나가는 선배의 뒷모습이 미안해, 길가에 쪼그려 앉아 수다를 떨며 속상한 마음을 달랬다.

사고는 그때 일어났다. 무안함에 서로 친구들과 농담을 주고받고 있을 즈음이었다. 우리 뒤쪽에 무너진 채 방치된 조그만 담벼락 큰 벽돌 몇 장이 훅 쏟아졌다. 공사를 하던 중도 아니었고 오래전에 공사가 끝났는지, 중도에 그만두었는지 알 수 없는 벽돌담의 벽돌 몇 장이 쏟아진 것이다, 정확하게 내 허리로.

"악!" 하는 비명과 함께 주저앉았고 친구들이 와락 내 곁으로 모여들었다. 괜찮냐는 어수선한 물음에 나는 비교적 찬찬히 답을 했다. 뭔가 몸에 큰 일이 생긴 것 같았다. 직감적으로 알 수 있는 큰 일. 외상은 없었지만 나는 알 수 있었다.

"아악! 은희야, 많이 아파?"

"은희야, 일어나 봐!"

"택시를 부를게, 일어나 봐 은희야. 일어날 수 있겠어?"

"얘들아…… 택시는 안 될 것 같아 119 불러야 할 것 같아."

"어떡해, 어떡해."

"얘들아…… 119……."

"어! 은희야. 알았어! 은희야. 아앙~"

친구들은 허둥댔고 벌써부터 울음을 터트렸다. 생각은 또렷해지는데, 머릿속은 시간이 지날수록 점점 더 또렷해지는데, 몸은 점점 아득해졌다. 손과 발끝으로 힘이 빠지는 듯싶기도 하고 나른한 것 같기도 하고 땅바닥으로 몸이 푹 꺼지는 것 같은 기분이었다. 일어나 바로 앉고 싶었지만 다리에 힘이 들어가지 않았다. 손가락까지 흐물거리며 녹아내릴 것만 같은 기분이었다. 통증은 없었다. 그런데 이상하게도 다른 느낌도 없었다.

119가 도착하기까지 꼼짝없이 땅바닥에 누워 있었다. 심호흡을 했고 순간이라도 정신이 흐려질까 해서 두 눈을 부릅뜨고 하늘을 응시했다. 햇볕이 따가웠지만 눈을 감으면 그대로 잠들까 두려워서 실눈을 뜨고 의식을 붙잡고 있었다. 참 긴 시간이 그렇게 지난 것 같았다. 문여닫는 소리, 그다음 구급대원 아저씨의 목소리가 들렸다.

"119 신고하셨지요? 무슨 일이지요?"

"여기, 여기 벼…… 벼…… 벽돌이 무너져서 친구가 다쳤어요."

"학생, 괜찮아요? 내 목소리 들려요?"

"네, 잘 들려요. 친구 말대로 벽돌이 제게 떨어졌어요. 허리에 맞은 것 같아요."

"알았어요, 움직일 수 있겠어요?"

"아뇨, 전혀 못 움직여요. 여럿이 들것으로 조심히 옮겨 주셔야 할 것 같아요."

"통증이 있는 곳은요? 어디가 아파요?"

"아뇨, 모르겠어요……."

들것이 내려왔다. 구급대원 두 명이 들것으로 옮기고 움직이지 않도록 내 몸을 들것에 고정시킨 후 곧장 병원으로 달렸다. 친구가 한 명 구급차에 올라탔고 병원으로 가는 내내 곁에서 불안해했다. 이상하게 마음이 요동치지 않았다. 침착해졌고 심지어 조용하기까지 했다.

병원 응급실에 도착했다. 제법 긴 시간으로 느껴졌다. 고통스러울 만큼의 통증이 있는 것도 아니고, 또 눈에 보이게 어디가 찢어져서 피가 나거나 하는 것도 아니었기에, 놀라지 않고 침착할 수 있었던 것 같다. 그냥 온몸의 힘이 빠지는 듯한 느낌은, 넋 놓고 이야기하다가 별안간 떨어진 벽돌에 맞았기 때문에 놀라 버린 근육의 긴장 때문이겠거니 생각했다.

응급실 담당 간호사와 의사들이 둘러섰고 구급대원에게 일련의 상황을 설명 들었다. 그리고 X-ray와 CT 촬영을 위해서 이동하기 직전 내 몸의 상처를 확인하기 위해서 입고 있던 옷을 가위로 잘라 내려는 순간이었다. 좀 어처구니 없는 일이었지만, 그날 새로 산 셔츠를 입고 있었기 때문에 새 옷을 버리게 될까 걱정이 됐다. 용돈을 아껴서 산, 아끼는 옷이었다. 나는 조용하지만 단호한 목소리로 간호사와 의사에게 옷을 자르지 말라고 부탁했다. 지금 생각하면 '킥' 하고 헛웃음이 나지만 그때는 무척 진지했다. 아무튼 모두가 허둥대는 응급실에서 새 옷 버리기 싫어서 가위로 자르지 말아 달라고 요청하는 응급환자는 주변의 분위기를 확 바꿀 만큼 얼마나 인상적인가!

결국은 상처가 너무 심각해 몸을 움직일 수 없어 가위로 옷을 자를 수밖에 없었다.

결과를 기다리며 병원 침대에 한참을 누워 있었다. 손가락을 움직여 봤다. 움직였다. 양 손, 열 개의 손가락 모두 움직였다. 다소 떨리긴 했는데 아마도 쿵쾅거리는 심장 소리에 놀란 때문이었을 거다. 손을 좀 들어 보았다. 살짝 들렸다. 가슴 위에 손을 올리고 양손을 포개 보았다. 됐다. 쉼 없이 쿵쾅거리는 심장 소리를 더 분명하게 느낄 수 있게 되었다. 숨을 크게 쉬어 보았다. 좀 답답하기는 했지만 가슴이 부풀어 오를 만큼 깊숙이 호흡할 수 있었다.

문제는 발이었다. 발가락을 움직여 보았다. 짤막하고 귀여운 내 발가락이 움직이는지 그렇지 않은지 알 수 없었다. 움직이고 있으니 움직여지겠지 생각하면서도 발가락이 움직이고 있는 것인지 느낄 수는 없었다. 다리를 움직여 보기로 했다. 누워 있으면서 발견한 양발의 폭을 좀 넓혀 보려는 시도였다. '끙차' 힘을 주었다. 그런데 발이 꿈쩍도 하지 않는다. 소리까지 내며 주었던 힘은 그새 어디로 빠져나가 버려서 발에 닿지 않는 것인지, 마술에 속은 것도 같고 꿈을 꾸고 있는 것도 같았다. 순간 앞이 캄캄해질 만큼 너무 무서웠다. 도대체 이해할 수 없는 상황이 눈앞에서 벌어졌다. 거짓말 같았다.

그러나 이내 현실을 분명하게 알 수 있게 되었다. 내 발은 움직이지 않았다. 발가락도 눈으로만 보일 뿐 내 것이라는 느낌은 없었다. 순간적인 경직이라고 믿어 버렸다. 푹 자고 일어나면 아무 일 없이 다시 걸을 수 있을 거라고 생각했다. 괜히 두려워하거나 걱정하지 말자고 스스로를 달랬다. 한 숨 푹 자고 일어나면 아무 일 없이 자취방으로 돌아갈 거라고, 두려워하고 있는 나를 달랬다.

하지만 다리가 허공에 매달려 있는 듯했고 느껴 보지 못했던 통증과 고열로 며칠을 시달리면서 내 정신은 아득해져 갔다. 25년여 전, 그날의 일은 지금도 또렷하다. 그날 응급실에서 친구들이 걱정되어 나를 위로하면서 '괜찮아, 괜찮아.' 를 되뇌고 있었다. 그날의 두려움과 섬뜩함을 어떻게 잊을 수 있으랴.

응급실 밖으로 땅거미가 내려앉고 있었다. 잠시 잠들었던 것 같은데 한참을 자고 일어났나 보다. 퍼뜩 깨어 눈을 떠 보니 눈앞에 엄마가 계셨다. 걱정 가득한 눈빛으로 내려다보고 계셨는데 이미 눈에는 눈물이 가득했다. 곁에는 아버지와 바로 위 셋째 언니도 함께였다.

친구들의 연락을 받고 오셨다고 했다. 친구들은 X-ray, CT 촬영을 하고 기다리고 있을 때 좀처럼 결과가 나오지 않고 자꾸만 늦어지니,

덜컥 겁이 났었던 것 같다. 당장 어디 피가 나거나 부러진 것 같지는 않으니 다행이라는 아버지와 애가 돌아눕지도 못하고 발가락도 못 움직이는데 뭐 큰 병이 난 것이라는 엄마는 잠시도 내 곁을 떠나지 않으시고, 응급실 좁디좁은 의자에서 꼬박 결과를 기다렸다.

한두 시간이 더 지났을까? 병원에서 처음으로 진료했던 의사와 함께 좀 나이가 많아 보이는 선생님이 내 곁으로 오셨다. 응급실에서 처음 만났던 의사가 한 걸음 정도 뒤에서 좇아오는 것을 보니 아마도 내 몸에 대한 최종적인 의견을 전달할 분이란 것을 단박에 알 수 있었다. 벽돌이 허리로 떨어지면서 흉추 12번이 손상을 입었으며 일단 부서진 척추를 심을 박아 고정하는 수술이 급하게 진행되어야 한다고 말씀하셨다.

'최선을 다하겠다.', '우선 수술을 하고 경과를 보자.'는 선생님의 말씀은 엄마의 귀에 들어오지 않았다. 엄마는 급하게 우리 딸이 걷지 못할 수도 있는 것인지에 대한 답변을 독촉했다. 선생님은 '알 수 없다.', '장담하기 어렵다.'고 하셨고, 엄마는 그 순간 주저앉으셨다. '희망이 있다.', '지켜보자.', '누구도 모를 일이다.'로 이어진 의사 선생님의 말씀은 이미 엄마의 귀에 들어오지 않았다. 어제까지도 멀쩡했던 딸이 오늘 병원에 누워 있는 것도 속상한데 걸을 수 없게 될 수도 있다니, 어떻게 해도 믿을 수 없는, 믿기지 않는 말이었다.

“너는 뭐가 좋아서 그렇게 웃니?”

…

입원하고 몇 달째, 잦은 수술과 투병 기간이 길어지면서 짜증과 투정도 심해졌다. 셋째 언니는 다니던 직장까지 그만두고 엄마와 함께 내 간병을 1년 내내 담당했다.

그럼에도 22살의 나는 엄마와 언니의 힘들고 지친 마음과 몸을 배려할 만큼 성숙하지는 못했던 것 같다. 가끔 원인 모르게 찾아오는 사지가 떨어져나갈 듯한 통증…… 또 내 몸을 헤집는 갖가지 수술 도구가 두려웠고, 비록 환자이긴 하지만 남자 의사들이 마비된 하반신을 찔러보기도 하고, 들여다보는 것도 큰 스트레스였다. 그런 상황들이 만든 고통으로 몸을 추스르기는 이미 한계를 넘어서고 있었다.

거의 매달 진행되었던 수술실과 회복실 순례는 들어갈 때마다 이번이 마지막이길 소원하는 마음으로 가득했다.

수술했던 부위가 자꾸 문제가 생겨 수술이 여러 차례 진행되다 보니 신경도 예민해지고 두려움도 커졌다. 고향의 교회 목사님과 사모님이 기도해 주러 먼 걸음을 하셨는데, 그것도 싫어 사모님께 ‘돌아가요.’라고 매몰차게 말씀드린 적도 있었다. 어떻게 그렇게 고약한 말을 할 수 있었을까 생각하면 부끄럽고 죄송하다.

이후 몇 개월 동안 여러 차례 수술을 했는데도 수술 부위가 회복이 안 되었다. 그래서 서울에 있는 세브란스 재활병원으로 옮기게 되었다. 병원을 옮긴 후 나는 마취에서 깨어나고 '쾅쾅쾅' 두드리는 통증에 신음하던 며칠을 무사히 보내니 조금씩 웃음이 찾아왔다. 이는 투병 기간 내내 하루 걸러 찾아와 준 친구들의 의리와 그들이 나눠 준 생기(生氣), 온전히 간호하고 보호해 준 엄마와 언니의 희생을 받고, 다시 싹을 틔운 긍정과 소망, 희망의 웃음이었다.

다행히도 그곳에서 마지막 수술을 한 후 수술 부위가 잘 나아, 1년이 지나서부터는 재활훈련을 받기 시작했다. 나는 그제야 병실에서 잘 웃는 이은희로 돌아왔다. 제법 휠체어를 타고 병실을 오고 갔다. 또 재활치료실도 혼자서 찾아가 치료받고, 돌아오는 길은 언제나 주변 환자들과의 인사와 농담, 웃음이 이어졌다. 웃어야 한다는 의무감에서 나온 웃음은 아니었다. 막연하게나마 긍정적인 생각을 하고 노력하면 상황은 나아질 거라는 믿음에서였던 것 같다. 그리고 아직도 이유를 알 수 없고 어떻게 그럴 수 있었는지 모르겠지만, 걷지 못하는 장애인이 된다는 현실을 순응하듯 받아들인 까닭에서였던 것 같다.

한해를 꼬박 병원에서 보내고 23살이 되었다. 휠체어를 타고 병실을 돌아다니다가 무슨 일인가로 까르르~ 웃는 나를 보고 병실에서 친하게 지냈던 언니가 정색을 하고 핀잔을 주었다.

"야, 은희야. 너는 휠체어타고 뭐가 좋다고 그렇게 웃니?"

무안했지만, 나도 모르는 까닭을 말할 수 없어 민망한 웃음을 웃을 수밖에 없었다. 견디기 힘든 허리와 다리 통증만 없다면, 이어지는 수술의 불안감만 없다면, 이것만 지나가기만 하면 뭐 못살 것도 없을 것 같았다. 같은 병실 환자들이 퇴원할 때 거의 모두 휠체어를 타고 나가는 모습을 보면서 나도 휠체어를 타고 퇴원할 수도 있겠고, 또 평생 휠체어를 타고 생활할 수 있겠구나 생각을 했지만 그 사실은 크게 슬프지 않았다. 앞으로 헤쳐 나아가야 할 산들이 많겠다 싶어 답답했지만 어쩔 수 없는 상황이라면 그저 이전처럼 열심히 살면 된다고 생각했다.

내게는 좋은 친구들이 있고 따뜻한 가족이 있지 않은가. 그때는 중도장애인의 재활 시스템이나 사회복귀 시스템이 지금처럼 잘 준비되어 있지 않아 사회복귀에 걸리는 시간이, 지금과 비교하면 몇 배가 넘는 시간이 필요했다. 그렇게 사회복귀를 위한 1년여의 준비를 마치고, 이전보다 더욱 당당하게 살아야지 마음먹었다.

셀 수 없이 받은 복 중의 복, 친구

...

어린 시절부터 친구가 많았다. 특히 유치원, 초등학교를 함께 다닌 친구들은 성인이 되어서도 계속 연락을 하면서 우정을 나누었다. 마흔이 넘어서는 서로 바삐 살아가야 하는 현실 속에 서로 소원해지기도 했다. 하지만 여전히 '요람에서 무덤까지' 함께할 친구들은, 셀 수 없이 받은 많은 복 중의 복이다.

병원 생활을 마치고 고향집으로 돌아왔다. 친구들과 함께 학교로 돌아가 공부하고 싶었고 졸업도 하고 싶었지만 사고가 있었던 곳으로 돌아가기가 두렵고 싫었다. 그리고 현실은 녹록치 않았다. 학교로 돌아가 2층에 위치한 강의실을 찾아다니며 학업을 계속하기란 쉽지 않았다. 지금이야 장애를 가진 학생을 위한 편의시설과 학습을 돕는 시스템이 잘 구축되었지만 그때만 해도 그것은 희망사항이었다.

학교 복학은 엄두도 못냈다. 퇴원해 집에 있으면서 친구들은 이전과 다름없이 전화 수다도 떨고 고향 친구들과 선후배들도 자주 찾아왔다. 쓸쓸함과 현실로부터의 소외감 없이 지낼 수 있었다. 가족들도 침울하거나 낙담하지 않았고 곧 평화로운 일상을 보냈다. 마을 어른들도 각별한 애정으로 보살펴 주셨다. 나를 갓 태어난 아기처럼 생각하시며 정말 세세하게 살피며 사랑을 주셨다. 방앗간을 하는 어르신은 떡을, 아랫집 아주머니는 맛있는 반찬이 있으면 꼭 들고 오셨고 미용실 아주머니는 집으로 찾아와 머리 손질을 해 주셨다. 휠체어를 타고 동네에 나서면 어르신들은 눈물을 그렁그렁하시며 고맙다고 손을 꼭 잡아 주셨다. 어릴 때는 그런 것이 참 싫더니만 지금 돌이켜 생각해 보니 당신 자식은 아니지만 마을 어르신들이 가졌던 안쓰럽고 애탔던 마음을 알 것 같다.

퇴원 후 2년 정도 지나고 대학 단짝친구 '윤경우'와 동아리 선배 '송송' 언니는, 봄꽃이 흐드러질 때쯤 충남 공주 '동학사'로 나를 데려가 주었다. 올라가는 길이 가팔라 여자 둘이 휠체어를 밀고 산을 오르는 게 미안해지고 머쓱해지기도 했다. 하지만 숨을 할딱거리며 동학사 대웅전을 지나 제법 높은 산등성이 정상까지 밀고 오르는 게 아닌가. 거의 만신창이가 되어서야 정상에 오르니 아주 작은 노란 풀꽃이 딱 하나 피어 있다. 며칠 전 둘이 동학사 산행을 하다가 발견한 순간, 꼭 내게 보여 줘야겠다고 약속했더란다.

경우는 이후 중국에서 유학 생활을 할 때에는 내가 붓글씨를 쓸 수 있도록 붓과 종이, 전각돌을 사서 보내 주었다. 그리고 영국에서 유학

하면서는 좋아할 거라는 생각에 빈티지 물건들을 사서 보내 주곤 했다. 참 살갑고 예쁜 친구다. 그녀로 인해 나는 글씨 쓰기에도 열심일 수 있었고 일상에서도 평화로운 마음을 얻을 수 있었다. 스무 살 때부터 주고받은 편지가 쌓여 가는 만큼 우리의 우정도 그 부피만큼 깊고 두텁다.

대학 동기 중 친하게 지냈던 7명과 함께 제주도 여행을 했던 것도 잊지 못할 추억이다. 나를 안아 차에 태우고 휠체어를 접어 트렁크에 싣고 내리고 하는 모든 일들을, 그야말로 일사분란하게 처리했던 친구들은 누구 하나 불편해하거나 수고롭다 생각하지 않았다. 혹시나 내가 집 안에, 방 안에 갇혀 있게 되지나 않을까 염려하며, 열심히 짬을 만들어서는 더 열심히 세상을 보여 주려고 애썼다.

초등학교 시절부터 단짝이었던 그 과수원집 딸 '윤정'이는 서울서 자취 생활을 하면서도 나를 업고 집으로 데려가 밥을 지어 먹였다. 결혼해 서울에 첫 내 집 마련을 한 역사적 순간에 아파트 리모델링을 하면서 집안에 문턱을 없애는 공사를 했다. 휠체어를 타는 내가 불편할까 봐 그렇게 한 것이다. 몇 번이나 방문을 한다고 그런 공사를 했는지 친구의 마음이 보이는 것 같았다. 그리고 화장실 문턱까지 낮추어 가끔 물이 밖으로 새나가는 걸 보고는, 마음 한켠에 고마움과 미안함이 뒤섞였다.

척수장애 발생 후 방광의 문제로 신장에 문제가 생겨 이식할 지경까지 갔을 때는 절망하지 않을 수 없었다. '척수손상으로 장애를 가진 것도 모자라 신장에 문제가 생겨 이식을 해야 한다니~!' 간단한 문제도 아닌데 이식을 누가 해 준단 말인가. 한참 비관하고 있을 때였다. 중학교 때부터 스무 살이 넘어서까지 서로 편지로 주고받으며 우정을 나누던 고향 친구 '김승일'이가 자신이 이식해 주고 싶다며, 요즘 일부러 운동을 더 열심히 한다고 했다. 말이라도 너무 고맙고 고마웠다. 또 대학 절친이었던 '민옥'이는 자신과 나의 혈액형이 맞지 않으니 나와 혈액형이 같은 남편이 대신 내게 이식을 해 주고 싶다고 한다며 새벽기도를 시작했다고 해서 또 한 번 눈물을 흘렸다. 결국 여러 가지 절차상의 문제들로 신장이식은 가족 중 한 명의 기증으로 이식했지만 친구의 마음이 그대로 느껴지는 감동이었다.

'내가 뭐라고 친구 복이 이리 많은가.'

친구들은 그렇게 각자의 삶을 열심히 살면서도 나를 잊지 않았다. 우리가 함께 보낸 시간을 기억했고 그때와 다른 나를 여전히 같은 눈으로 바라봐 주었다. 친구들의 사랑으로 더 밝아졌고, 점점 자신감도 생겼다. 그래서 갑작스럽게 시작된 낯선 삶을 살아낼 힘을 얻고 있었다. 친구들에게 받은 애정은 받은 많은 복 중의 복이다. 그렇게 받은 우정으로 인해 또다시 세상이 아름답다고 생각했고 더 잘 살고 싶어졌다.

장애인을 바라보는 세상의 다른 '눈'

...

1994년 스물넷. 퇴원하고 1년 후, 집을 떠나 멀리 외출하는 일이 부담스러웠던 나는 집에서 지내는 동안 독서를 했다. 어린 시절부터 책읽기를 좋아한 덕분에 어느 것에도 구애받지 않고 오롯이 하루를 책읽기로 보낼 수 있었다. 가족과 친구들이 책을 빌려다 주거나 사다 주는 일도 많았다. 그래서 한 주일 동안 몇 권의 책을 읽는 일상을 풍요롭게 해주었다. 책을 빌려다 주는 친구 중에 후배가 한 명 있었다. 후배는 군복무를 마치고 배낭여행을 다녀온 후 복학을 앞두고 있었다.

후배는 가끔 우리 집에 놀러와 자신이 배낭여행을 하며 찍어 온 사진들을 보여 주면서 이런저런 에피소드를 들려주었다. 그리고 시내에 나갈 일이 있으면 전화를 해 필요한 것은 없는지, 어떤 책을 빌려다 주면 좋겠는지 등을 물어왔다. 그리고 매번 내 부탁을 꼼꼼하게도 챙기고 들어주었다. 후배의 해외여행 이야기를 들으면서 어쩌면 해 볼 수 없을지도 모르는 나의 여행을 상상했고 사진과 이야기, 책으로라도 미지의 세계에 대한 호기심을 달랠 수 있었다. 비록 사진과 이야기로 떠나는 여행이었지만 얼마나 행복했는지 모른다.

그렇게 평온하게 일상을 보내던 어느 날이었다. 그때까지 한 번도 경험하지 못한 새로운 세상을 맞닥트렸다.

"따르릉~~ 따르릉~~"

"여보세요?"

"너 은희냐? ○○엄니다."

"네, 안녕하세요. 어쩐 일이세요?"

"너, 사람 환장하게 할겨? 나 환장하는 꼴 볼라 그려?"

"네?…… 무슨 일이세요?"

"너 왜 자꾸 우리 아들한테 전화를 하고 지랄이여."

"네?"

"니 한 번 더 우리 아들한테 전화하면 가만 안 둘라니께 그런 줄 알어. 전화하지마!"

"네? 네……네, 네…… 알겠습니다."

곁에 있던 남동생이 의아한 얼굴로 쳐다보았다. 아무 일도 없는 듯 전화를 끊고 동생에게는 아는 분이 한 번 만나자고 전화하셨다는 말로 얼버무렸다. 손이 떨리고 몸이 떨렸다. 머리가 복잡했다. '이건 뭐지?' 라는 물음이 머릿속을 헤집고 있었다. 나를 어릴 적부터 보아 오셨던 분이 이런 전화를 하셨다. 전혀 생각지도 않았던 생각을 하셨나 보다. 당신 아들과 행여 연인이 되는 것을 걱정하셨던 것 같은데, 그것이 이렇게 폭력적인 전화를 하실 만한 일인지 도대체 이해가 되지 않았다. 큰 죄를 지은 것인 양 몰아세우는 그분과의 통화는 끝나고 한참이 지나서도 오랫동안 가시지 않는 아픔이었다.

그리고 그날 밤에야 서러움과 두려움이 몰려왔다. 병원에서 퇴원하면서 '내가 휠체어를 타고도 행복할 수 있을까.' 막연하게 걱정했던 일이 구체적으로 실체를 드러냈다. 퇴원하면서 심각하게 걱정하거나 두려워하지 않았다. 분명하게 그랬다. 그저 지금보다 조금 더 열심히 살면 이전처럼 행복하고 즐겁게 살 수 있을 거라고 확신했다. 그런데 세상은 내 생각과 달랐고 세상에는 그때까지 곁에 있었던 친구들과는 다른 사람들도 분명히 살고 있었다. 어쩌면 그런 사람들이 더 많을지도 몰랐다. 대학 시절 정의와 순수를 외치고 그것을 절대적으로 믿었던 나의 순수가 '아이 같다', '세상 물정 모른다'는 어리석음으로 호명되는 현실과 맞닥트린 사건이었다.

그러나 오랜 시간이 지난 지금 그 후배의 어머님 마음을 조금이나마 이해하게 되었다. 세상에는 참 다양한 사람들이 존재하고 그들의 생각과 감정들이 조응하거나 대결하면서 조화를 이루거나 갈등을 하는 것일 게다. 그렇게 큰 그림 속에서 생각하면 내게 상처를 건넨 사람들을 용서할 수도, 또 그때 받았던 큰 상처를 치유할 수도 있다.

그래, 부딪치고 맞서 보는 거야

...

그 일이 있은 후 스물여섯이 된 나는 집을 떠나 독립하기로 결심했다. 두려워서 피하는 것이 아니라 대한민국에서 장애인으로 살아가기 위해서는 스스로 할 수 있는 어떤 준비가 필요하다는 막연한 생각에서였다. 경기도 광주에 있는 '삼육직업재활센터'에서 전공과는 무관하지만 컴퓨터과에 입소를 했다. 내심 무언가를 배운다는 것보다는 혼자서 얼마만큼 할 수 있는지, 혼자서 살아갈 준비가 되어 있는지 자신을 시험해 보고 싶었다.

기숙사에서 다른 장애인들과 함께 생활하면서 이전에 가족으로부터 받았던 모든 보호와 배려를 하나 둘 놓기 시작했다. 다행이도 적응하는 데에는 큰 어려움이 없었고, 룸메이트도 참 유쾌하고 재미있는 친구들이어서 즐겁게 지낼 수 있었다.

문제는 컴퓨터가 나와는 참 안 맞는 것이었다. 엑셀, 베이직, 코볼 등을 배우는데 도대체 나는 발전이 없었다. 문서작성도 어려웠고 또 외워야 하는 단축키는 왜 그렇게나 많은지 머리에서 '윙~~' 하는 소리가 떠나지 않았다. 프로그램을 짜는 코볼이나 포트란 등은 더 큰 문제여서 무슨 암호를 해독하는 것처럼 괴로웠다. 선생님께서는 그래도 내가 대학 공부를 했다고 기대하는 눈치셨는데 아예 따라가질 못하고 늘 멍~하니 앉아 있는 걸 아시고는 결국 웃으시며 뒷자리에 앉아 워드 연습만이라도 하라고(그건 이미 자신 있었는데) 하셨다. 그리고 진지하게 다른 길을 찾아보라는 친절한 충고도 아끼지 않으셨다.

집에서 보호만 받고 지내다 많은 것을 혼자 감내하려니 체력도 약하고, 요령도 없어 스트레스에 방광염까지 걸렸다. 이래저래 답답한 시간만 차곡차곡 고여만 가고 있었다.

그러나 도대체 나와는 친해지기 어려운 컴퓨터 교육과 입원까지 몰고 간 방광염의 불편함만 빼고는 직업재활센터 생활에서 얻은 것도 많았다. 우선은 나와 다른 장애를 가진 많은 친구를 알게 되었고 이미 오래전부터 장애인으로 살아온 친구들의 삶을 들여다볼 수 있었다. 룸메이트였던 친구는 뇌병변 장애를 갖고 있어 손과 발을 자유롭게 움직이는 것이 어려웠고 가끔 발에 강직도 오곤 했었다. 그럴 때면 자신의 발에 "가만히 못 있어?!" 라고 호통치던 유쾌한 사람이었다. 또 대단한 멋쟁이어서 빨갛고 노랗게 머리 염색을 하는가 하면 당시 유행하던 멜빵바지를 입고 화장도 잘했다. 한마디로 스타일리쉬했다! 그 자신감이 얼마나 멋지던지.

당시만 해도 나는 잘 드러나지 않는 옷을 입고(스커트는 입어 볼 생각조차 하지 않았었다), 화장도 잘 하지 않았다. 휠체어를 타는데 튀는 것이 싫어

괜히 그래야 할 것 같았다. 그런데 그 친구는 늘 당당했다. '죽지 않았는데 왜 죽은 것처럼 지내려고 하냐.' 며 목소리를 높였다. 맞는 말이었다. 옳은 생각이었다. 건강한 사람이었다. 친구의 스타일을 칭찬하면서 다시 내 마음속에서 잃어버렸던 자신감과 의지가 회복되고 있음을 깨달을 수 있었다.

혼자 독립하기 위한 예행연습은 그렇다 치고 컴퓨터를 통해서는 먹고살 수 없겠다는 판단이 섰고, 그렇다면 장애를 가지고 어떻게 무엇을 하며 살아갈 것인가라는 고민을 치열하게 하기 시작했다.

그러다 삼육직업재활센터 사회복지사 선생님이 장애인복지 시스템이 잘 되어 있는 외국에서 장애인복지 공부를 해 보는 것은 어떻겠냐며 조언을 해 주셨다. 그리고 지금은 작고하신 한신대 고(故) 오길승 교수님을 소개해 주셨다. 1996년 그 당시만 해도 장애인들은 대학 전공을 거의 사회복지를 하는 경우가 많았다. 그나마도 장애인 편의시설이 조금 갖추어져 있고, 사회복지과 학생들은 장애인에 대한 의식이 깨어 있어 선택하기가 조금 쉽기도 했고, 나 자신이 장애 당사자로 장애인복지를 공부하면 졸업 후 취업하기도 유리할 것 같았다. 그 교수님께서 미국에 있는 대학에 추천서를 넣어 입학허가 서류까지 받았는데 아쉽게도 미국 비자 심사에서 두 번이나 거절당했다. 장애인이라는 것이 문제였다.

비자를 거절당한 것뿐만 아니라 학비와 생활비가 비싸다는 것도 미국으로의 유학을 접게 했다. 그리고 생각한 곳이 캐나다였다. 마침 다큐멘터리에서 본 캐나다는 장엄하고 평화로운 자연의 모습이 너무나 매력적이기도 했다.

문제는 비용이었다. 그렇다고 물러설 수는 없는 일. 가족들에게 앞으로의 내 미래에 대한 계획을 설명하고 형부와 언니들에게 조금씩 도움을 받았다.(속된말로 '삥'을 뜯었다) 요구는 지나치게 당당하고 당황스럽게도 뻔뻔해서 지금 생각해도 우습고 어처구니없지만 그때는 방법이 없었다.

감사하게도 세 언니들과 형부들은 장애를 가진 후 뭐라도 하려고 기를 쓰는 게 안쓰러웠던지 조금씩 각출해 내 도전에 돛을 달아 주었다. 결정이 나고 준비를 차근히 해 나가는데 병원에서 1년 동안 날 간병해 주었던 셋째 언니에게서 전화가 왔다. 전화 건너 들리는 언니의 목소리가 가늘게 떨리는 걸 느낄 수 있었다.

"은희야! 너 진짜 갈 거야? 아는 사람도 하나 없는데…… 휠체어 타고 거기서 아프기라도 하면 어떻게 해! 또 이상한 사람이라도 만나면……."

"언니, 사람 사는 건 다 똑같어. 무섭다고 아무것도 안 하고 있으면, 난 그냥 집안에서만 갇혀 살아야 돼~ 난 기대가 되는구먼!"

"그, 그래 은희야…… 넌 사막에서라도 살껴……."

1999년. 사고난 지 7년 만에 아는 사람 하나 없는 캐나다로 혼자 날아갔다. 말로만 듣던 복지국가 캐나다에서는 장애인은 어떻게 인식되고 있고, 특히나 나와 같은 하반신마비의 휠체어 탄 장애인은 어떻게,

무엇을 하며 살고 있는지 알고 싶었다.

캐나다 도착 후 어학연수 등록을 하고 휴일에는 밴쿠버 버나비에 있는 큰 쇼핑몰을 찾아갔다. 사람들이 많이 모이는 곳이니 그곳에 가면 장애인을 만날 수 있을 거란 기대에서였다. 그들이 비장애인 속에서 어떻게 지내는지 보고 싶었다. 우리나라에서처럼 주눅들고 가급적 눈에 띄지 않으려 위축되어 있는지 알고 싶었다.(1999년 당시만 해도 지금처럼 휠체어 탄 장애인들의 사회활동이 많지 않았다) 그들이 사는 평범한 일상을 엿보고 싶었던 것이다.

큰 쇼핑몰에서 장애인을 만날 수 있을 거란 예상은 적중했다. 쇼핑몰에서 만난 휠체어 장애인은 뭐 특별할 것 없이 자연스럽고 편안한 표정으로 쇼핑 중이었다. 사람들도 가던 길을 되돌아 그를 쳐다보거나 곁눈질로 흘끔거리며 수군대지 않았다. 심지어는 동양인, 여자, 장애인인 나를 쳐다보는 사람도 없었다. 한국에서와는 완전히 다른 풍경에 잠시 멍했다.

내가 처음으로 만난 캐나다인 휠체어 장애인 앞에서 한동안 머뭇거리다가 그가 내 주의를 지나가려는 찰나를 놓치지 않고 무조건 "하이!" 인사를 건넸다. 영어를 잘하지도 못하면서, 기회를 놓칠까 봐 무조건 들이대 보았던 것이다. 그는 나를 보더니 반갑게 다가왔고 어디서 왔고, 무슨 목적으로 왔는지를 이야기했다. 첫 만남인데도 유쾌하고 즐겁고 친절하게 대해 준 덕분에 낯선 곳에서 느낀 긴장감을 잠시나마 물리칠 수 있었다. 그리고 좀 생뚱맞은 질문일지도 모를, 하지만 정말

캐나다 홈스테이

궁금했던 질문을 던졌다.

"How is your life in Canada as someone with a disability?"

"I don't feel that the way I live is much different to anybody else living in Canada. I enjoy living here."

"캐나다에서 장애를 가진 사람들은 어떻게 지내나요?"

"나는 캐나다에 살고 있는 다른 사람들과 크게 다르게 살고 있지 않다고 생각해요. 나는 이곳에서 지내는 것을 즐기고 있답니다."

어깨를 들썩이며 멋쩍게 대답하면서 그는 캐나다 여행 중 불편한 것은 거의 없을 거라며 좋은 여행이 됐으면 좋겠다며 혹 무엇이든 필요하면 언제든 연락하라고 전화번호를 알려 주었다. 이후 그 친구와는 가끔 만나 도서관에도 가고 캐나다의 의료기 회사 방문도 해서 척수장애인이 유용하게 사용할 수 있는 의료기에 대한 정보도 얻었다.

4개월여 머물러야 할 홈스테이(home stay)를 찾아가는 데에도 어떤 불편함 없이 갈 수 있었다. 버스도 휠체어 탄 장애인이 스스로 타고 내릴 수 있는 장치를 장착하고 있는 저상버스가 있어 휠체어로 얼마든지 이동 가능했다.

한번은 버스를 기다리고 있었는데, 타고 가야 할 버스가 날 태우지 않고 쌩 지나가 버렸다. 뒤를 이어 버스가 들어와 내 앞에 정차했는데 버스 기사분이 내리더니 앞차가 왜 날 태우지 않고 그냥 갔냐며 신고해야 한다며 자상하게도 날 태웠다.

버스 한편에 마련된 장애인석에는 아주 견고하고 안전한 휠체어 고정 장치가 있었다. 그 고정 장치로 휠체어를 연결하는데 어찌나 오랜 시간 정성을 들여 고정하던지 괜히 다른 승객들 눈치가 보이는데 기사분은 상관없이 정성스럽게 휠체어 탄 내가 안전하도록 하는 데만 신경을 집중하였다. 심지어 목적지에 도착하는 내내 5분에 한 번씩 "Are you OK?"를 연발하며 나의 안전을 물어봐 공연히 민망하였는데, 함께 탄 승객들은 미소로 함께 염려해 주었다. 한국에서처럼 휠체어 장애인이 탑승으로 인해 늦어지는 것이 미안해서 괜히 주눅들지 않아도 되었다. 한국에선 느껴 보지 못했던 그때의 그 기분이란! 한국에서 만약 출퇴근 시간에 대중교통을 이용하는데 휠체어 탑승을 위해 저렇게 긴 시간을 지체했더라면 엄청난 '민폐녀'가 되었을 것이다.

정말 놀라운 것은 캐나다에서 홈스테이했던 주인과의 인연이었다. 홈스테이 주인 여자는 세심하게 배려하고 늘 차분했다. 외모는 영국의 황태자비 다이애나를 닮았다. 그러고 보니 성격도 비슷했다. 그녀는 종종 검은 봉지에 뭘 넣어 이웃집 문고리에 걸어 놓고 오곤 했는데, 알고 보니 어려운 형편의 이웃에게 음식을 나누는 것이었다.

또 캐나다 원주민들이 다니는 교회에서 플루트 찬양을 하기도 했다. 본인의 언니가 나와 같은 척수장애인이라 그랬는지 날 얼마나 살뜰히 챙겼는지 모른다. 재미있었던 건 영어 공부를 하기 위해 캐네디언 홈스테이를 선택한 내게 틀린 영어를 할 때 제때 말해 주지 않았다. 나중에

틀린 영어를 하면 바로 고쳐 달라 부탁을 하니 발음도 어순도 엉망인 나의 영어가 자기를 리프레쉬하게 하는 큰 즐거움이었다고 한다.

특별하게도 내가 머문 2층 집에는 리프트가 설치되어 있었다. 집주인의 언니는 건축가와 결혼해서 멀리 킬로나(Kelowna)라는 지방에서 살고 있었다. 집주인과 함께 12시간을 달려서 그녀를 만났다. 그녀의 집은 휠체어를 탄 그가 불편하지 않도록 모든 것이 완벽했다. 문턱이 없는 것은 물론이거니와 화장실, 샤워실, 부엌 등 집안 구조가 휠체어 탄 아내가 편하게 지낼 수 있도록 되어 있었다. 그녀를 만나고 결혼에 대해 깊이 생각해 볼 수 있었고 행복한 결혼 생활을 하고 싶다는 소망을 갖게 되었다. 그녀처럼 진정으로 사랑하는 사람을 만나고, 아이를 낳아 건강하게 기르고 싶었다. 나는 흠뻑 사랑받고 그만큼 사랑을 나눠 주는 여자로 살고 싶었다.

새 세상, 새로운 만남

...

어학연수를 끝내고 캐나다에서 대학 편입을 생각했지만 계획대로 되지 않았다. 한국의 IMF로 달러 가치가 몇 배로 상승해 홈스테이 비용과 어학연수비가 두 배로 뛰어 더 이상 캐나다에서 생활을 이어 갈 수 없었다. 어쩔 수 없이 다시 캐나다로 돌아오리란 다짐을 하고 귀국했다.

한국에서 장애인 재활과 복지, 인권 관련한 공부를 하기 위해서 나사렛대학교 인간재활학과에 편입했다. 캐나다 장애인들이 인간으로서 존중받으며 살고 있는 모습에 큰 자극을 받고 사회복지사가 되어 우리 장애인들의 삶을 꼭꼭 짚어 보고 싶었다. 적어도 인간으로 마땅히 보장받아야 할 권리를 찾고 싶었다. 그리고 모든 장애인이 그것을 인식할 수 있도록 도와주고 싶었다. 새로운 공부의 시작은 이렇게 시작되었다.

편입과 관련한 일련의 일들을 진행하면서 차가 없어 이동하는 어려움이 컸다. 그때쯤 인터넷에서 '장애인 차량봉사'를 하는 분들의 도움을 받을 수 있게 되었다. 이동 봉사자를 만나는 첫날, 아파트 경사로를 내려오며 자동차 옆에 얌전하게 서 있는 남자와 눈이 마주쳤다. 봉사자였다. 핸섬하고 깔끔한 첫인상이 어찌나 좋았던지 '아! 저런 남자와 연애 한번 해 봐도 좋겠다. 그런데 저 정도 외모에 매너라면 당연히 여자 친구가 있겠지…….' 생각했다. 첫 만남에 몰래 그런 생각까지 했을 정도로 마음에 들었나 보다. 처음 만났던 그때 그 장면이 아직도 한 장의 사진처럼 선명하게 기억에 남아 있다.

남자의 이마에는 '배려'라고 쓰여 있는 듯했다. 그 남자는 내 연인이 되었고 남편이 되었다. 남편과의 만남은 그렇게 시작되었다. 한국경제신문사에서 일했던 남편은 독일 연수에서 장애인을 위해 개인적으로 장애인 차량봉사하는 문화를 접하고 크게 감동받았단다. 그 일을 계기로 한국으로 돌아가면 꼭 자원봉사를 하리라 마음먹었고, 그것을 실천하는 중에 만나게 된 것이다. 남편은 주말과 휴일, 어떨 때는 회사에 휴가를 내면서까지 학교로, 전시장으로 이동시켜 주었다.

그렇게 3년이 흘렀고 우리는 부부가 되었다. 물 흐르듯 자연스럽지는 않았으나 시어머님과 우리 부모님은 남편과 내가 서로 아끼고 사랑하는 모습을 보시며 '잘 살아라.' 축복해 주셨고, 나 또한 좋은 아내와 며느리가 되겠다고 결심했다. 그동안 열심히 살아 낸 것을 축복하는 하늘의 선물을 받았다고 생각했다.

첫아이 임신, 나도 '엄마'가 되는 놀라운 기적이 생겼다. 내 몸에 움튼 생명의 기운을 어떻게 설명할 수 있을까? 그 감사와 기쁨을 어떻게 표현할 수 있을까? 세상에서 제일 특별한 사람이 된 듯했고, 온 세상의

2001년 나사렛대학교 편입

좋은 것과 행운을 모두 혼자서만 받는 것 같아서 은근 겁나기도 했다. 이렇게 좋은 일이 계속 생기면 행여나 나쁜 일이 질투하여 좇아오지나 않을까 괜한 걱정도 되었다. 너무 귀하고 감사해서 한동안 아기 가진 것을 다른 사람들에게 이야기하지 않았었다.

그런데 생명을 잉태한 경이로운 일은 그때까지 상상해 보지 못한 엄청난 고통을 동반했다. 입덧이 시작된 거다. 나는 밥 한 술, 물 한 모금 넘길 수 없을 만큼 구토에 시달렸고 결국에는 피까지 토했다. 할 수 없이 임신 내내 병원에 입원하게 되었다. 링거를 맞고 버티는 중에도 찾아온 아기를 느끼면서 매일 눈물이 날만큼 기쁘고 감사했다. 배를 쓰다듬으며 축복의 기도를 해 주었고 엄마와 아빠가 얼마나 감사하고 기쁜지, 태어나서 만나는 세상은 어떠한 곳인지를 한참 동안 이야기하고 부디 건강하게 잘 지내다가 반갑게 만나자는 이야기를 기도하듯 매일 했다.

몸속에 남은 한 방울의 물까지 다 토해 낸 듯한 오후, 기진맥진하여 병원 침대에 누웠던 나는 입안 가득 퍼져오는 쓴맛을 참아 내느라고 눈을 꼭 감고 있었다. 몸속이 텅 비었다면 입안의 마른 침맛 또한 사라져야 하는데 그것은 더욱 지독하게 써지면서 입안을 채우고 있어 숨 쉬는 것조차 힘들어졌다. 입에서, 또 코 속에서 뜨겁고, 쓰고, 매운 기운이 들숨과 날숨을 다 잡아 버려서는 공기 중으로 흩어지고 있었다. 마지막에는 쓰고 매운맛이 눈에 보이는 것처럼 느껴져서 눈을 꼭 감고 있었다.

한참을 그렇게 누워 있는데 검게 탄 입술에 귤즙이 한 방울 떨어졌다. 목소리조차 잠긴 나를 바라보던 엄마가 혹시나 하여 입술 위에 귤 즙을 한 방울 떨어트린 것이다. 그 순간, 놀랍게도 구토 없이 그것을 핥고 있었다. 지독했던 쓴맛이 아닌 살짝 청량감이 들어서 살 것 같았다. 몇 달을 괴롭히던 입덧은 그렇게 귤 한 조각으로 끝나 가고 있었다. 이후 뱃속의 아기가 자라는 개월에 맞춰 뼈와 살이 되고 뇌 발달에 좋다는 음식 태교를 하였다.

입덧이 없어져 다행이었지만, 장애를 가진 내게 임신 기간의 고통은 비단 입덧만이 아니었다. 배가 불러오면서 혼자 화장실 가는 것조차 힘들어지면서 누구의 도움 없이는 하루도 생활하기 어려운 상황이 되었다. 장애를 가진 후 제일 우울했고 답답했던 때였다. 화장실에 가야 할 때마다 당시 출석했던 교회 집사님들께 화장실로 옮겨 달라는 부탁을 해야 했으니, 다른 사람들에게 폐를 끼치는 것이 부담이었던 난 나도 모르게 점점 무기력해져 가고 있었다. 급기야 절실히 원했던 임신이 후회가 되었다.

그러나 나사렛대학에서 함께 공부하던 동생들이 자주 찾아와 임신 중독에 걸릴 위험에 있던 내게 족욕을 해 주고 마사지를 해 주었다. 함께 말씀을 묵상하고 아이를 위한 기도를 했다. 도움의 손길이 부담되고 부끄럽다고 생각하는 것이야말로 교만이고 사치인 것을 깊이 깨달았던 때다. 그분들이 있었기에 나는 아홉 달을 잘 지내올 수 있었고 나의 아기를 건강하게 지킬 수 있었다.

사랑하는 딸, '정민'의 탄생

…

임신 9개월 즈음 산부인과 주치의가 하반신 마비이기에 자연분만은 불가능하여 출산 예정일 3주 전에 제왕절개로 출산해야 한다고 했다. 수술 날이 다가왔고, 분만을 위해 수술실 안의 수술대에 눕는 순간 나도 모르게 긴장과 불안감이 엄습했다. '마취하고 수술 후 깨어나지 못하면 어쩌지…… 내 아기. 내 딸 꼭 건강하게 출산해야 하는데…….' 수술대에 누워 분주하게 수술을 준비하는 의사분들께 제발 아이가 건강하게 세상에 나올 수 있도록 잘 부탁드린다고 수없이 말했다. 수술을 위한 마취가 시작되고 눈이 저절로 감기는 순간, 힘들고 두려운 순간마다 외웠던 성경말씀을 읊조렸다.

두려워 말라 내가 너와 함께 함이라
놀라지 말라 나는 네 하나님이 됨이니라
내가 너를 굳세게 하리라
참으로 너를 도와주리라

딸 정민이와 함께 해변에서

정민이와 아빠

초등학교 입학날 정민. 사촌오빠와 함께

참으로 나의 의로운 오른손으로 너를 붙들리라.
_이사야 41장 10절

나와 내 주위 사람들의 기도와 도움으로 잉태된 아기는 모두에게 은혜와 축복이고 기쁨이었다. 이 좋은 '소식'을 모두들 나보다 더 기뻐했다. 그러나 덜컥 아이를 낳고 보니, 현실은 대략 난감이었다. 휠체어를 타고 있으니 목욕시키는 일도 힘들었고, 해야 할 일도 많았고, 특히 아기가 보채기라도 하면 안고 업고 달래야 함에도 허리에 힘이 없으니 그저 아무것도 못하고 어찌할 바를 몰라 애를 태웠다.

한 아이의 엄마가 되기 전까지는 오롯이 장애인 이은희의 삶만을 책임지면 됐지만, 아이 입장에서 장애인 엄마를 만나 혹여나 '제한된 삶'을 살지는 않을까, 그 이유로 상처를 받지는 않을까 하는 걱정도 생겼다. 장애인 엄마, 자유롭게 움직이지 못하기 때문에 제한적일 수밖에 없는 갖가지 경험들, 이 모든 문제가 심각하게 느껴졌고 풀기 어려운 숙제로 다가왔다.

그러다 혼자 아이를 키우는 것이 힘들다고 판단한 남편이 결국 회사에 사표를 냈고, 남편은 다른 일을 찾아 재택근무로 전환하고 부부공동육아가 시작되었다. 고마웠지만 사실 미안한 마음이 더 컸다.

아이가 커 가면서 전동휠체어를 타고 내 무릎에 정민을 올려놓고 사방 마실 다니기에 바빴다. 시골 풀길을 따라 동네 산책을 다녔고, 또래 아기들이 있는 집이면 열심히 방문하여 친구를 만들어 주었다. 마을 어른들은 오가는 길에 정민에게 호두며 대추도 따 주셨다. 정민이가 아장아장 걷기 시작할 때는 늘 반갑게 인사해 주시고 머리를 쓰다듬으며 축복의 말씀을 해 주곤 하셨다.

정민이는 소망대로 건강하고 밝게 자랐다. 시골에서 살아서인지 사촌 오빠들과 유독 뛰어다니기를 좋아했다. 책 읽기도 좋아하고 궁금한 것도 많아 늘 눈이 초롱초롱한 아이였다. 유치원을 졸업하고 초등학교에 입학했을 때 교문을 걸어 들어가는 뒷모습에 어찌나 귀엽던지 달려가 또 한 번 꼭 안아 주고 싶었다.

유치원 입학하면서는 유치원 친구들을 집으로 불러모아 간식도 챙겨주고 영어 노래를 가르치고, 여러 가지 만들기 놀이를 하는 시간을 가졌다. 정민이가 초등학교에 들어가서는 학교 방과 후 수업 강사를 하면서 아이들에게 휠체어 타는 모습을 자주 보여 주며 아이들과 가깝게 지냈다. 행여 엄마가 휠체어를 탄다는 이유로 내 아이가 소외되거나 상처를 받거나 하는 그런 상황을 미연에 방지하자는 차원에서였다. 역시 아이들은 아이들이다. 휠체어를 타는 내게 다른 시선을 보내는 그런 일은 없었다.

흔히 어르신들이 하시는 말씀에 딸의 인생은 엄마를 닮는다고 하지 않던가.

엄마의 장애가 딸의 인생에 걸림이 될까 염려스러웠다.

그런 마음이 나 자신을 괴롭힐 때가 있었다.

'아, 얼마나 가슴을 졸였는지…….'

이제 정민이는 중학교 2학년이다. 제법 숙녀 티도 나고 엄마의 수고에 감사하고 가끔은 엄마를 위로할 줄도 아는 친구가 되었다. 다행히 엄마의 장애를 불행이나 자신의 약점이라고 생각하지 않는다. 엄마가 학교 수업에 참여하는 것과 서예와 미술교육을 하는 방과후 교실 강사로 활동하는 것에 기뻐하고 감사해한다.

비록 돈을 많이 버는 능력 있는 엄마는 되지 못해도 씩씩하고 밝게 열심히 사는 엄마, 정직하고 열정적인 엄마 모습을 의도적으로라도 보여 주고 싶었다. 종종 서예나 그림 전시회에 참여하기도 했고, 서예 · 수묵화 방과후 교사로 학교에서 아이들을 가르치는 일도 최선을 다해 열심히 했다. 정민이가 멋진 사람으로 성장할 수 있도록 대충 사는 엄마의 모습을 보여 주고 싶지 않았다. 나의 생각과 마음이 정민에게 잘 전달되고 있다고 믿는다. 정민이가 씩씩하고 당당하게 세상을 살아갈 수 있도록 나 또한 세상을 씽씽 달려 볼 생각이다.

기대와 설렘 그리고 두려웠던 첫 직장

...

캐나다에서 돌아와 2000년 나사렛대학 인간재활학과로 편입을 했고, 두 해 지나 졸업을 했다. 대학을 다니느라 천안에서 생활하면서 장애인 당사자 단체인 '한빛회' 라는 단체를 알게 되고 방문을 한 적이 있었다.

그날, 한빛회 대표인 박광순 대표님은 장애인의 삶에 대한 이야기를 꺼내며 많은 이야기를 나누었다. 당신이 쓴 산문집을 사인을 해 건네주며 대뜸 "뭘 하고 사냐? 뭘하고 싶으냐?" 고 물었다.

갑작스런 질문이었지만 진지함과 진심이 느껴졌다. 막 대학을 졸업했고 사회복지사 자격증, 직업재활사 자격증을 취득했고 장애인단체에서 사회복지사로 일하고 싶다는 말을 했다. 나도 모르게 처음 뵌 분께 속내를 털어놓았다. 아마도 나보다 먼저 장애를 갖고 세상을 경험한 분이니 나를 공감하고 이해할 수 있을 거란 믿음에서 그랬던 것 같다.

가만히 듣고 있다가 거두절미하고 "취직이 간절하면 취직해야지 시켜 줄께!" 라고 했다. 갑작스러웠고 놀라웠다. 내 간절함을 본 듯했다.

장애를 갖고 7년이란 시간이 흐르며 직장을 갖고, 돈도 벌고, 독립해 살아야 하는 상황들이 절박하게 다가왔던 모양이다.

그러나 누구에게서, 어디서, 이런 고민을 나누고 조언을 들어야 할지 몰랐는데…… 일사천리로 '복지 세상을 열어 가는 시민모임' 윤혜란 국장님을 소개시켜 주었다. 윤 국장님은 천안의 여성 장애인들을 세상 밖으로 나오게 하자고 했다. 그들과 같은 여성 장애인인 내가 할 수 있는 일이고, 또 해야 하는 일이라며 하고 싶으냐? 할 수 있겠냐? 물었다. 내가 할 수 있을까 걱정도 되면서 괜스레 가슴이 울렁거리고 떨렸다.

한편 또 다른 여성 장애인, 그들의 삶도 궁금했고 그들의 삶에 조금이라도 보탬이 된다면 의미가 있을 것 같아 그러겠노라 '하고 싶다.' 고 했다. 그렇게 스물아홉에 첫 직장인이 되었다. 시민단체의 활동가가 되었다. 국장님은 사무실이 작아 조금 불편할 수 있겠지만 되도록 휠체어 타고 불편함 없도록 모든 턱을 없애고 경사로를 설치하였다. 또한 장애인 화장실도 만들었다. 얼마나 감사하고 귀한 일이었는지 꿈만 같았고 행복했다.

여성 장애인들에게 전화도 하고 방문해 만나기도 했다. 가끔 매몰차게 끊거나 거절하는 경우도 있어 갑갑해졌다. 오랫동안 집안에서 생활하던 여성 장애인을 밖으로 나오게 하는 일은 생각처럼 쉬운 일은 아니었다. 그래도 한 분이 센터에 상담도 하고 필요한 이야기를 하며 고민했다. 이어 여러 여성 장애인들이 사무실에 나와 모이고, 함께하는 일들을 만들어 갔다. 함께하니 세상밖에 나서는데 용기가 났고 상처받는 일이 생겨도 서로 위로하며 응원하니 단단히 여물어 가는 듯했다.

세상 밖으로 나와 함께 살아갈 수 있도록 어떤 사업을 해야 할지 함께 논의하며 일을 해 나갔다. 여성 장애인 그림치료 프로그램에서 가볍게 즐기며 어울릴 수 있도록 사진관에서 예쁜사진찍기, 여행프로그램, 장애인 인식 개선 강의 등 여성 장애인 스스로 자존감을 높이고 사회에 나와 통합될 수 있도록 필요하고 다양한 프로그램을 진행했다. 그렇게 박광순 대표와 윤혜란 국장의 인연으로 복지 세상을 열어 가는 시민모임의 간사로의 나의 첫 직장생활이 시작되었고, 장애를 가진 당사자들을 만나며 오롯이 자유함을 만났다. 아니 물 만난 물고기가 되었다.

운이 없는 사람도, 불쌍한 사람도, 동정의 대상도, 늘 도움이 필요한 대상도, 온 관심의 대상도 우리는 아니다. 그냥 가족의 한 사람, 친구 중의 한 사람, 일하는 동료 중의 한 사람, 이 사회를 이끌어 나갈 한 사람, 이 사회를 함께 책임져야 하는 진지한 동시대의 한 사람이라는 것을 동료상담으로 나누었다. 어디 그 뿐인가. 이런 사회적 인식의 변화가 그것을 실질적으로 뒷받침하는 복지정책과 시스템을 변화 발전시키는데 간과할 수 없는 중요한 동인 중의 하나가 우리의 주인의식이라는 것을 만들어 나갔다. '확실한 것은 장애인이란 말이 이젠 낯설고 사용할 때마다 거북하다.', '그리고 그 단어를 잊은 지 오래다.'라는 표현이 장애를 가진 당사자들의 입을 통해 주체적으로 구현되는 때, 그때가 진정 우리가 People과 Person으로 만나는 때가 아닐까? 하는 단계

에까지 오르도록 열심과 열정을 더했다.

장애를 가진 사람이 다를 것 없다는 보편화된 의식이야말로 우리 사회가 변화하는데 품어야 할 진정한 모습이어야 한다. 만약 이것이 우리에게 강고하게 고착되어 변화하지 않는 진지로 남아 있다면 우리는 이것으로부터 탈피해야 하며 이것에 대응해야 한다. 이것이 재활과 자립의 전제조건이며 통합사회로 가는 가장 큰 관문이기도 하다. 또한 장애인과 관련된 지금까지의 사회운동이 바로 이러한 것과 대응해 가야 한다는 것을 서로 공유하며 활동해 나간 그 시절의 경험은 내게 가장 귀한 경험의 시간이었고 시작이었다.

나의 그림 선생님

...

사람의 감정도 사랑의 감정도 시간에 따라 상황에 따라 변하고 사라지는 것이 당연지사인가, 아이와 힘든 시기를 겪을 당시였다. 뭐라도 해야겠다는 생각으로 고향에서 잠깐 동안 동료상담가로 일을 하고 있었을 때다. 중도장애를 가진 아들 '유빈'이와 그의 아버님께서 상담을 오셨다. 아들이 장애를 갖기 전 그림을 전공했던 터라 다시 그림을 그리고 싶다며 그림을 가르쳐 줄 분 소개를 바라셨다.

당진에서 구족화가로 이름이 있으신 '박정' 선생님을 텔레비전에서 본 게 생각나 무작정 그분께 전화를 드렸다. 사모님께 이런저런 사유를 말씀드리며 그림을 가르쳐 주실 수 있느냐 여쭈었고, 수강료는 얼마나 드려야 될지 물었더니 아주 진중한 목소리로 자신이 받은 감사한 일이 많아 그걸 베풀 수 있는 기회가 감사하다며 무료로 가르쳐 주겠다며 조만간 만나기를 원하셨다.

약속을 하고 함께 뵈러 당진으로 향했다. 작업실에는 갤러리가 있었는데 그 선생님의 유화작품에 매료됐다. 그래서 유빈이를 소개해 드리러 갔다 나도 함께 그림을 배우게 되었다. 일주일에 한 번 그림을 배우러 가는 시간이 늘 기대되었다. 그림만을 배우는 게 아니라 선생님의 이야기를 들으며 감동했고, 감정적으로 힘들었던 시기에 함께 감정을 나누며 위로를 받았다.

입으로 붓을 물고 하루 10시간 이상을 그림에 정진하고, 자신의 그림을 세상에 내놓았을 때 멋진 그림에 누구도 입으로 그린 것이라 믿어주지 않았던 헤프닝, 그만큼 전신마비라는 어려운 상황에서도 붓을 입에 물고 그림을 그렸던 선생님! 우리에게 그림을 가르치기 위한 준비 과정은 또 얼마나 길고 힘들었을까. 그런 것 다 마다 하지 않고 내게 베풀어 주셨던 조건 없는 사랑.

그림을 배우는 것만큼 그분의 삶을 가까이서 보면서 내 안의 욕심이 부끄러워졌다. 그리고 이듬해 유빈이와 나는 한국장애인미술대전에 공모를 해 상을 받았다. 그런데 그 상은 덤이었고, 박정 선생님 부부를 만나 받았던 위로는 아직도 내게 평생 잊지 못할 감사이다.

그렇게 고향에서 그림을 배우기 시작하고 서울에서 자주 전시를 하게 되면서 충남 지역에서도 충남 지역 장애인들과 함께할 수 있는 예술향유 방법을 고민해 보았다. 당장 할 수 있는 것은 서예였지만 다양한 장애를 가지고 있는 이들에게 서예보다는 뭔가 다른 것이 더 흥미로울 것 같았다. 전문적인 지식 없이도 즐겁게 활동할 수 있다면 성취감도 크게 느낄 수 있을 것이었다.

그런 고민을 하던 즈음, 서예과 김종건 선배가 홍대 부근에 필묵이라는 캘리그래피 교육전문 아카데미에서 강의를 하는데 신청을 하고 찾아가 뵈었다. 가서 보니 바로 내가 원하던 것이었다.

서예보다는 조금 덜 무겁고 예쁜 글씨보다는 깊이가 있는 캘리그래피! 또 쓰임새도 많아 장애인들이 배우면 유용할 것 같았다. 선배의 조언을 듣고 내려와 서울과 홍성을 오가며 캘리그래피를 배웠다. 이후로 다른 캘리그래퍼를 만나고 싶어 아는 분 소개로 '이화선' 선생님을 알게 되었다.

캘리그래피 첫 수업! 어떤 캘리그래퍼가 되고 싶은지 각자 써 보자 하셨다. 잠깐의 생각 끝에 '쓰임받는 캘리그래퍼' 라고 썼다. 신앙생활에서도 또 예술적인 활동에서도 베푸는 일을 하고 싶다는 막연한 생각을 종종했었다. 그리고 그렇게 쓰임받게 되기를 소망하고 있었다.

캘리그래피를 공부하면서 깨닫는 것은 그것에 자신의 철학과 감정, 생각의 소리가 담긴다는 것이었다. 그리고 문자와 선과 면, 점 등으로 표현하고, 또 그 과정에서 말의 뜻 외에 다른 의미를 재창조하기도 한다.

문자만으로 전달할 수 없는 생각과 마음을 문자의 재구성 과정을 통해 표현하고 있는 것이다. 놀랍고 신비로운 일이 분명한데 이는 이론으로 설명할 수 없는 캘리그래피만의 오묘한 힘이다. 이 힘 때문에 글을 쓰는 사람을 알 수 있고, 그의 생각과 마음을 읽을 수 있으며 의도와 목적을 짐작하기 어렵지 않게 된다. 글씨에 쓰는 이의 모든 것이 담기기 때문이다.

무엇보다 매력적인 것은 감사와 사랑, 위로의 마음을 글로 표현해 건네줄 때 받는 이의 행복한 탄성과 기뻐하는 얼굴을 바라보는 것이 짜릿하다.

서예에서 캘리그래피로, 나의 예술에서 모두의 향유로

...

고향에서 그림을 그리고 또 서예가로 활동하다 보니 자연스럽게 충청 지역 장애인 문화예술 모임도 하게 되었다. 지역사회 장애인 문화예술 향유 문제에도 관심을 갖게 되었다. 이전에는 주로 서울에 사는 장애예술가분들과 서울에서 예술 활동을 했고 전시회를 했는데 고향 충남에 사는 장애인들이 예술 활동을 하는 분이나 단체가 없어 그들의 활동에 대해서도 잘 알고 있지 못했다.

그러던 중에 고향 마을에 나처럼 휠체어를 타는 장애인 후배 '미애'의 말이 쿵 하고 가슴을 치던 일이 있었다. '미애'는 그림을 배우고 전시를 준비하는 나를 보면서 항상 "부럽다, 언니 부러워. 언니 진짜 멋지다."란 말을 자주 했다. 처음에는 칭찬과 부러움으로 가볍게 듣고 말았는데 시간이 지날수록 그녀의 말이 콕! 가슴에 와 닿아 박혔다.

장애인 예술가들의 활동에 제약이 많고 기회도 많지 않다는 문제는 비단 어제 오늘의 일이 아니었다. 하지만 내가 살고 있는 홍성 등 충청 지역은 서울보다 예술교육이나 활동을 접할 기회가 열악한 것이 현실이다. 그 현실을 인식했을 때 지역 장애인들에게 와락 미안한 마음이 들었다. 나야 서예, 캘리그래피 강의로 직업을 갖고, 전시로 삶의 의미를 찾는다고 하지만 별다른 직업이 없는 다른 장애인들은 무엇을 하여 자아실현을 할 수 있을 것인가. 아니 그렇게까지 거창한 표현이 아니더라도 무슨 일로 재미를, 행복을 찾을까 싶었다. 어느 순간 마음이 바빠지고 밀려드는 수많은 생각을 정리하기 어려웠다.

충남도청 로비에는 '희망카페'가 있다. 카페는 충남 지역 장애인의 일자리 창출과 복지에 대한 장애인들의 소망과 '안희정' 충남도지사님의 열의가 만나 문을 열었다. 카페는 충청남도의 위탁으로 '한빛회(천안 소재 장애인관련단체)'에서 수탁을 받아 직원을 채용하고 운영했는데 내가 점장을 맡아 카페의 운영을 시작하게 되었다.

당초 희망카페를 장애인들의 예술작품을 전시하는 갤러리 카페로 만들고 싶었던 꿈이 있었다. 하지만 관공서에서 뚜렷한 목적을 가지고 시작한 일이기에 내 맘대로 카페를 운영하기는 어려운 일이었다.

다만 크리스마스 시즌을 앞두고 희망카페의 특별한 토크쇼를 준비했는데, 희망카페 직원들의 식구들과 충남도지사님, 의회 의원분들이 함께 참여하셔서 조촐한 희망에 관한 토크쇼와 캘리그래피 전시도 함께 이어졌다. 장애인들이 비장애인과 만나고, 이야기하면서 느낀 점과 달라진 점 등을 나누고 희망카페의 지향점에 대한 이야기도 이어졌다. 좀 더 다양한 방식으로 장애인들의 사회활동이 이어지기를 기대하는 고민과 노력을 나누자는 이야기로 마무리되었던 것 같다.

그렇게 2년 반 기간의 카페 매니저 활동은 끝을 맺었다. 커피도 써서 마시지 못하고 내 전공과도 무관한 일이었지만 나는 좌충우돌하면서 카페를 꾸려 갔다. 지금 생각하면 '무식해서 용감했다.' 라는 말이 딱 들어맞는 것 같다. 모르니까 어느 때보다 더 열심과 노력했던 시간이었다.

카페가 어느 정도 자리가 잡히고 카페 매니저 일을 그만두었다. 그리고 오랫동안 하고 싶었던 글씨를 쓰고 그림을 그렸다. 그리고 그동안 운영하고 있던 '들꽃 캘리그래피' 라는 브랜드를 내세워 캘리그래피 교육을 시작하였다.

카페 일을 그만둔 후 시작한 캘리그래피 강의는 비록 풍족하진 않지만 주요한 수입원이었다. 캘리그래피 교육을 하면서 만난 다양한 직업과 성별, 취향과 고민을 가지고 있던 사람들은 수업을 하는 동안 감정이 정화되고 생각이 정리되는 경험을 했다고 말한다. 그들이 글씨를 쓰는 동안 자신의 생각과 마음을 들여다볼 수 있었다면 이는 더없이 감사한 일이다. 나의 문제를 볼 수 있을 때에 타인의 마음을 알 수 있고 서로를 마음에 담을 수 있기 때문이다. 나는 이 놀라운 경험을 오랫동안 함께하고 싶다.

지역의 다양한 문화예술 활동을 알고 장애인 예술가들을 만나면서 언제부턴가 마음속에 작지 않은 소망이 자라났다. 장애인 예술가들의 무궁무진한 창의성과 독창적 예술 세계를 표현하고 공유할 수 있는 단체를 만들고 싶어진 것이다. 단체를 만든다는 것이 무엇인지도 모르

나와 세상을
사람과 사람사이를 문화예술로 잇다
잇다
장애인
창의문화예술
발대식
2015년 12월 8일 (화) 14:00 ~ 15:00 • 장소 : 충남도청 대회의
잇다 (장애인창의문화예술연대)

'잇다' 발대식

2015년 캘리그래피 퍼포먼스

학교로 찾아가는 인식 개선 공연경험 톡 행사

캘리그래피 한복패션쇼

고, 또 그런 경험도 전무한데 그저 마음만 가지고 할 수 있는 일일까 생각도 해 보았다. 그렇지만 나도 모르게 커져 버린 장애인 예술가 연대의 열망은 단체 설립을 무모하게도 시작하고 있었다.

행정적인 일에 대한 경험도 없는 내가 굳게 믿고 기대하는 것은 언제나 그렇듯 '행운'이었다. 일을 해 나갈 수 있는 좋은 사람을 곁에 둘 수 있는 행운과 많은 장애인 예술가들이 뜻을 모아 주는 행운, 그리고 관청과 기관에서 지지를 보내 주는 행운과 마지막으로 우리의 실천으로 많은 장애인들이 자존감을 회복하고 문화로, 예술로 행복할 수 있는 행운이었다. 그리고 간절함이 하늘에 닿았는지 힘들고 어려웠지만 행운은 어김없이 곁에 섰다.

2015년 12월, 드디어 충남도청 본관 4층 강당에서 장애인창의문화예술연대 '잇다' 발대식을 가졌다. 지역의 장애인 예술가와 그 가족들, 장애인 단체와 기관, 장애학교 학생들과 선생님 등 많은 분들이 참석한 발대식은 안희정 충남도지사의 축사와 함께 시작됐다. 의회 부의장과 홍성 군수의 축사가 이어지고 내가 인사말을 해야 할 차례가 되었다.

벅찬 감정에 머릿속이 하얘졌지만, 소박하나 꾸밈없이 문화예술로 세상과 나를 잇고 우리 서로를 장애와 비장애를 이어 보자고, 힘을 내자는 진심을 전했다.

지난 2년 남짓의 시간 동안 장애인창의문화예술연대 '잇다'는 정말 숨차게 뛰어왔다. 첫 해는 밥 먹을 시간도 없이 뮤지컬, 무장애 지도제작, 캘리그래피 퍼포먼스, 캘리그래피 한복패션쇼, 초·중학교로 찾아가는 인식 개선 공연문화, 예술교육 등으로 시간 가는 줄 모르고 활동했다. 다행이도 창작뮤지컬 '세상에 버릴 사람은 하나도 없다'는, 관객도 많았고 평도 좋아서 다른 지역에서 재공연 러브콜이 많았다.

또, 지역문화예술행사—문화가 있는 날 행사로 기획한 '새로운 문화경험 톡! 함께하는 예술경험 톡!' 프로그램은 초·중학교 청소년들에게 단순한 강의가 아닌 장애인 예술가의 공연을 통해 분리나 차별 없이 자연스럽게 장애에 대한 인식 개선, 또 서로 통합할 수 있는 기회를 제공할 수 있어서 귀한 기회였다.

지금도 나는 인건비와 운영비 없이 장애인창의문화예술연대의 사업을 계획하고 진행하다 보니 늘 쫓기듯 힘들고 지칠 때가 많다.

체력도 많이 소모되었고 충전을 위한 시간을 갖지 못한 것도 사실이다. 그럼에도 또다시 일어나 달려야 하는 순간을 매일 매시간 만나고 있다. 아직도 역경을 도전으로 돌려놓으려는 예비 장애인 예술가들이 많기 때문이다. 그들의 예술적인 재능을 끌어내, 맘껏 펼칠 수 있도록 지원해 주는 교육프로그램이 절실하다. 장애인 예술가들이 작업할 수 있는 턱없이 부족한 공간을 또한 어떻게 풀 것인가. 이 모두는 잇다가 짊어질 작지 않은 과제이다.

꿈 같았던 용재 오닐과의 만남

···

TV에서 비올리스트 '리처드 용재 오닐(Richard Yongjae ONeill)'의 이야기 다큐를 보게 되었다. 어렸을 때 미국으로 입양된 정신장애인 복순 씨는 미국인인 양어머니의 지극한 정성으로 성장하다 미혼모로 용재 오닐을 낳게 되었다. 용재 오닐의 할머니는 김치를 손수 만들어 주실 정도로 그를 사랑을 다해 키우셨다고 한다.

세계 최고의 비올리스트 용재 오닐은 "어머니를 대신해 저를 기르신 할머니는 언제나 말하곤 하셨어요, 넌 항상 최선을 다해 공부해야 한다. 우린 가난해서 널 대학에 보낼 만큼 넉넉지 않다. 네 힘으로 노력해서 진학해야 한다. 그 말씀은 매사에 잘해야 된다는 자극제가 되었고 스스로 도전하고 자립할 수 있는 힘이 되었어요."라고 말했다.

엄마와 할머니의 지극한 사랑 속에서 자란 용재 오닐은 고난은 걸림돌이 아니라, 성장의 밑거름이 됨을 어린 나이에 터득하면서 여느 아이들보다 성숙한 아이로 자랐으리라. 그것을 보는 내내 마음이 따뜻했

용재 오닐과 함께

다. 그리고 원래 현악기는 별로 좋아하지 않았는데, 그의 비올라 연주는 마음을 사로잡았다. 그렇게 몇 년 전에 그 다큐를 통해 보았던 용재 오닐은 비올라 소리와 함께 내 마음에 크게 자리잡았다.

어릴 적에도 연예인을 그다지 좋아하지 않았던 내가 열병처럼 간절히 용재 오닐을 만나기를 고대하면서 그의 비올라 연주를 들으며 몇 해를 보냈다. 용재 오닐의 한국 공연 소식을 들으면서 혼자서는 갈 수 없는 상황에 용재 오닐을 보고 싶은 마음만 더더욱 간절해졌다.

그런데 놀랍게도 충청남도 홍성 작은 마을에 용재 오닐과 앙상블 디토 공연이 열린다는 것이 아닌가! 심장이 쿵쾅~, 서둘러 티켓팅하고 그에게 건네줄 편지와 선물을 준비했다. 어머니의 나라인 한국을 알고 싶다던 용재 오닐.

용재 오닐과 그의 어머니 복순 씨, 그리고 앙상블 디토 연주자들의 이름을 한글로 써 족자를 만들었다. 그리고 꿈만 같던 연주를 듣고, 따로 마련된 대기실에서 준비한 선물을 전했다.

용재 오닐은 한글로 쓴 어머니의 이름을 보고 환한 미소를 지으면 신기해했고 행복해했다. '스태판 피 재키브(Stefan Pi Jackiw)' 는 우리가 알고 있는 수필가 피천득님의 외손자여서 특별히 부채에 피천득 님의 인연을 적어 선물했다. 한국인으로서의 자부심을 가지고 있는 이들이 한글로 적힌 족자와 부채에 열광하며 기뻐하는 모습을 지켜보며 함께 한국인이라는 것과 한글의 아름다움에 자부심을 느꼈다.

또 용재 오닐 자신이 지닌 그대로를 긍정하며 노력과 성실로 최고의 드라마를 만든 그가 한국인이라는 것이 자랑스러웠다. 그리고 삶의 아픔과 걸림돌은 방해가 아닌 극복하고 타고 넘어야 할 이유가 됨을 그를 통해 배운다.

나 또한 간절히 원했던 기회를 잃거나 위기가 찾아올 때 주문을 거는 말이 있다.

"위기는 곧 기회다."

나의 상꼬맹이 제자들

…

붓 잡는 것도 힘이 드는데 선생님은 자꾸 붓이 넘어지지 않게 하라고 한다. 초등학교 1학년 꼬맹이들. 아주 가녀린 팔목과 손가락으로 어찌나 야무지게 잘 잡는지…… 두 눈을 부릅뜨고 집중을 한다.

"허리 펴고 팔꿈치는 어떻게?"
"들어요~~~~"
"그럼 왼손은 그냥 놀까?"
"아니요~~ 왼쪽 화선지 위에 놓아 고정시켜요."

기본기를 숙지시켜 놓고 글씨를 가르치면 그대로 잘 따라한다. 선이 구불구불하면 어쩜 이리 선이 유연하고 좋으니~ 먹색이 흐리면 어머! 먹색이 흐리니 또 다른 매력이 있어 좋다. 아이들은 으쓱하여 좋은 티를 안내려 하지만 다 보인다. 행여 검은 먹물이 옷에 묻을까 걱정이 되는데 아이들은 걱정하는 선생님을 오히려 위로하며 괜찮다 한다.

휠체어를 탄 선생님은 처음일 텐데…… 혹여나 날 부담스러워하거나 어려워하면 어쩌지? 사실 처음 아이들을 가르칠 때 긴장이 되었다.

아직도 사회는 장애인에 대한 인식 개선이 안 되어 있으니…… 역시 나에게도 각인된 선입견일 수도 있겠다. 아이들은 되려 선생님 바로 옆 자리에 앉으려 자리 쟁탈전을 벌인다. 휠체어를 왜 타냐고 당돌하게 물어보는 아이도 있는데, 그러면 옆자리 아이가 "넌, 선생님한테 그런 질문은 실례야."라고 이야기를 한다.

녀석들…… 초등학교 저학년 아이들이다. 그럼 편하게 사고 나던 상황을 이야기해 준다. 그냥 사고로 그랬구나 하고 이해를 한다. 이후 아이들은 차를 타고 학교에 딱 도착을 하면 미리 나와 있다가 큰 녀석들은 휠체어를 내려준다. 1학년 꼬맹이 녀석 둘은 혼자서도 들 수 있는 가방을 손잡이 하나씩 나눠 들며 사이좋게 나를 따른다.

교실에 도착하면, "선생님 물 한잔 떠다 드릴까요?" 묻는다.

참 따스하다. 이 나이에 왠 호강이냐고 너스레를 떠는데…… 이미 아이들은 서로 배려하고 도와야 한다는 걸 알고 있다. 동정이나 연민이 아니다. 아이들은 안다. 선생님은 우리가 도움을 조금 주면 휠체어 탄 선생님이 수월하게 수업을 진행할 수 있다는 걸…….

물론 아이들이 다 그런 건 아니다. 신기하게도 학교마다 아이들의 분위기가 있다. 학교 선생님들의 마인드에 따라 방과후 선생님의 태도도 아이들의 태도도 비슷하게 닮아 간다. 딱 떨어지는 삼박자처럼 말이다.

아이들과 캘리그래피 수업을 할 때는 나도 모르게 아이들의 목소리가 된다.

친구가 되고 싶다.

아이들도 그런 생각을 하는 듯하다.

첫 "사랑의 설레임" 개인전

...

아이에서 어르신까지 또 장애인들에게 캘리그래피를 가르치면서 혼자 글씨 작업도 게을리하지 않았다. 작업을 시작한 후 서예과 절친 윤경우와 함께 펼쳤던 '듀오전', 김남제 작가님과의 듀오전, 그리고 다양한 예술가분들과의 여러 차례의 단체전 등.

그렇게 전시회를 해 가던 중 주위에서 이제는 개인전을 해야 할 때가 되지 않았나는 이야기가 잦아졌다. 혼자 감내하고 모든 것을 보여 줘야 하는 개인전!

오롯이 작가의 이야기를 담아야 하는 '이은희 개인전이라니……' 생각만 해도 오금이 저려 왔다.

그러다 감사하게도 2017년 장애인문화예술원에서의 지원사업 중 개인 전시지원사업에 채택되어 첫 개인전의 기회를 갖게 되었다. 그동안 여러 캘리그래피 작가들의 작품을 만나면서 무심코 '아 작품, 참 좋다……' 라고 되뇌었는데, 이제 그 주인공이 되어야 한다는 것에 일종의 전율을 느꼈다. 그러면서 용기라는 것이 어떤 것인가를 깨닫는 느낌이었다.

처음으로 개인전 준비를 하려니 콘셉트는 무엇으로 정해야 할지도 모르겠고, 변변한 작업실도 없어 거실에 놓인 테이블에서 작업을 하려니, 먹물을 뿌리고, 글씨를 쓰고 또 글씨 쓴 종이를 말리려고 거실의 바닥과 식탁 또 정민이의 책상에 올려놓다 보니, 집안은 온통 먹물로 검댕이가 되어 갔다.

활동보조는 이동지원 시간만으로 부족했다. 그렇다고 가사 서비스는 받을 수 없으니 살림은 물론 작업 준비나 작업 후 정리정돈은 온전해 내 차지가 되었다.

사십춘기의 절정에 다다랐던 시기와 맞물려 그 어느 때보다 마음의 무기력함과 신체적인 무리가 겹쳐 점점 지치고 힘들기만 했다. 개인전 지원 채택 소식에 기뻐했던 감정은 어디로 훅 가고 개인전이 짐이 되어 버린 것만 같아 자신이 구차해 보였다.

그러던 어느 날 딸아이가 "엄마 내가 종이 치워 주고 붓 빨아 주고 할게~ 언제든 필요하면 얘기해." 하며 무심한 척 말한다. 모든 걸 혼자 해야 하니 그럴 때마다 힘에 부쳐 씩씩거리며 짜증내는 엄마를 볼 때마다 '볼 빨간 갱년기' 라며 장난치며 웃던 딸아이가 위로를 하니 고맙고 힘이 불끈 났다.

큰일이건 작은 일이건
마음을 하나로 모으면
세상에 못 할 일이 없단다

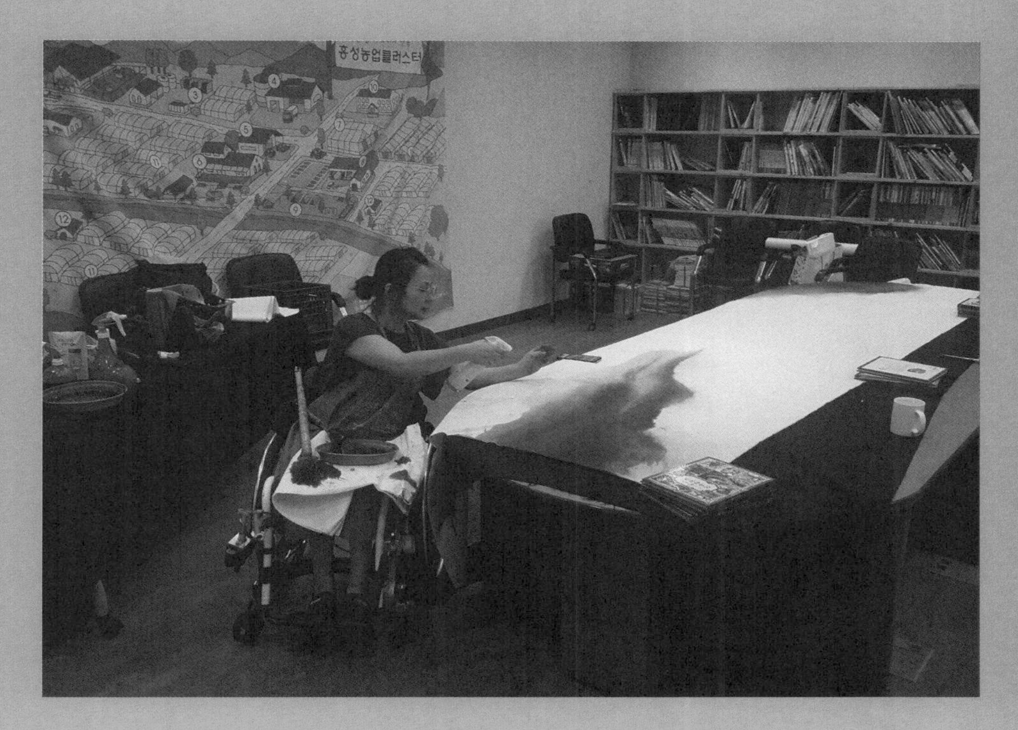

작업실에서 전시회 준비 중

오프닝
2017. 08. 21월 15:00

전시기간
2017. 08. 21월 ~ 08. 27일 10:00 ~ 180:00

후원

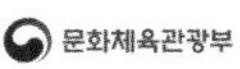

전시장소
홍주문화회관 2층 전시실

주최·주관
이 은 희

첫사랑 展 포스터

그게 가족이란다
그게 사람살이란다
—박노해 글 중

옆에서 종이를 갈아 주고, 다시 치워 주고, 청소기를 돌리면서 응원하는 딸아이의 모습에 감동과 함께 평안이 찾아왔다. 문득 어릴 적 첫사랑의 고백 편지가 떠올랐다. 초등학교 교과서에 나온 글씨처럼 '바른 정자체' 로 정성스럽게 또박또박 쓴 짧은 편지. 그 편지를 읽으며 얼마나 심장이 두근거렸는지…….

채 한 장도 안 되는 그 쪽지 편지가 마음을 설레게 하던 순간, 말로 좋아한다 고백하는 것도, 표정으로 감정을 전달하는 것도 아닌데, 그 글씨가 전달하는 의미가 나의 심장을 쿵쾅거리게 한다. 글씨가 주는 이 오묘한 힘이라니!

그런데 캘리그래피를 배우던 첫 시간, 첫사랑의 편지를 받았을 때의 그 떨림이 기억났다. 제목은 '첫사랑!' 작업에 집중하면서 화선지에 닿는 붓끝에서 퍼지는 먹 번짐, 깊고 빠른 붓놀림의 얕고 부드러운 곡선을 따라 억눌려 있던 역동성과 유연함이 표출된다. 굳어 있던 몸과 영혼이 바닷속을 유영하는 물고기처럼 유연해지고 꿈꾸는 갈매기 '조나단' 처럼 자유로워진다.

감사하게도 '홍성아이쿱' 에서 넓은 세미나실을 하루 빌려주셨다. 내 키보다도 훨씬 큰 천에 꿈에 그리던 로키의 높은 산과 새벽을 가르는 새를 그렸다. 꼬박 하루가 걸렸다. 그러고는 며칠을 끙끙 앓았다.

전시회를 마치고 가족들과 함께

개인전 준비는 내 안의 자아를 꺼내는 성찰과 고백의 시간이었다. 차마 마주하지 못했던 그 자아와 맞닥뜨려야 했던 시간은, 나 때문에 행복해하는 사람이 있다는 것, 그것은 나와의 관계 속에서 웃음을 찾는 일이요. 행복과 그리움을 찾는 일이라는 생각이 들었다.

좋아하는 박노해 시인의 글과 살아가면서 내게 힘이 되었던 성경말씀과 응원과 위안의 글로 작품을 채워 나갔다. 전시장에 들러 작품을 보시는 분들이 내가 받았던 위안과 평안을 느끼고 채워 돌아갔으면 좋겠다. 첫사랑 개인전은 그렇게 시작되고 그렇게 끝났다.

지금 딱 내게
사방의 벽과 바닥이 시멘트로 된
한 평의 공간만 있어도 좋겠다.

라는 생각은 변함이 없지만, 불가능을 가능케한 개인전 작업을 함께 도와준 사랑하는 딸아이에게 고마움을 전한다.

you are my own(arno, xenon for florence, 1996, Jenny Holzer)

'you are my own.' 친구의 소개로 알게 된 미국의 설치미술 작가 제니 홀처(Jenny Holzer)는 누구나 이해할 수 있는 간략한 메시지를 전달한다. 그녀는 독일 국회의사당, 파리 박물관 등 세계 곳곳에서 활동하며 예술을 통한 소통, Language as Art 철학을 실천하고 있다.

'PROTECT ME FROM WHAT I WANT'와 같은 짧은 문장 또는 단락으로 구성되는 그녀의 작품은 매우 개인적이면서도 사회적이고 정치적인 울림이 크다. 짧지만 강력한 감동은 그녀가 자신의 작업을 우리 삶 속에 '보여 주고' 있기 때문일 것이다. 일상에서 펼쳐지는 그녀의 단호하고 명쾌한 메시지는 그래서 큰 의미를 갖는다.

제니 홀처는 나에게 곧은 철학과 영감을 주는 참 좋은 작가이다. 나 또한 캘리그래퍼로서 바람이 있다. 충남도청 대형 외벽 알림판에 걸린 나의 글을 보는 이는 물론 내가 쓴 작은 엽서 한 장을 마주한 사람들에게 일상에서 크고 작은 감동과 긍정의 변화를 만들 수 있기를…… 또한 그것이 큰 울림이 되어 곳곳에 퍼져 나갈 수 있기를 고대한다. 그래서 글씨를 쓰는 일은 곧 나의 사명이다.

일생을 살면서 꼭 하고 싶은 일이 무엇이냐고 묻는다면 그중 하나가 우리 글씨의 아름다움, 그리고 화선지에 퍼지는 먹빛…… 마음의 신비…… 가장 나다운 삶의 붓 터치, 먹빛, 화선지를 가지고 세계를 여행하며 알리는 일이라고 말할 테다. 물론 휠체어를 타고.

낯선 어느 나라 광장에서 크고 하얀 천을 펼치고 먹을 튀기고 글을 쓰고 무늬를 날리는 퍼포먼스를 하는 꿈, 서예를 전공한 절친 경우와 함께 꾸었던 스무 살 적의 꿈이다.

20년이 훌쩍 넘었지만 그 꿈은 우리 안에 꿈틀대고 있다.

구하라

그리하면 너희에게 주실 것이다

찾아라
그리하면 찾을 것이다
두드려라
그리하면 너희에게 열릴 것이다
_마태복음 7장 7절

예술은 모름지기 사람의 가장 아름답고 귀한 마음을 꺼내 볼 수 있는 마술과도 같은 힘을 가지고 있다. 함께함으로 기쁘고 풍요로워진 아름다운 삶의 향기를 공유할 수 있다면 내 작은 몸에 새롭게 파고들 에너지를 기대할 수 있을 것이다. 그리고 지금과 같은 행운을 소원하고 기대하면서 참 좋은 사람들과 또 한 번 뛰어 볼 것이다.

그리고 마지막으로 You are my own, 사랑하는 내 딸, 정민에게 참 아름답고 좋은 세상을 보여 주고, 만들어 주고, 물려주고 싶다. 그 녀석도 나를 닮아 대책 없이 긍정적인지라 그 대책 없음의 힘으로 주변과 더불어 행복하게 살기를 축복해 주련다.

You are my own!
곁에 있는 이의 손을 꼭 잡아 주는 오늘을 소망한다.

그 사람 시밖에 몰라
그 사람 꽃밖에 몰라

넌 전문성이 모자라
넌 현실감이 모자라

그래, 그런 사람도 있어야지

그래야 서로 기대고 나눌 수 있지
그래야 서로 모자란 구석을 채워 줄 수 있지
그래야 덕분에 산다는 것도 알게 되지

그게 사람 사는 세상 아닌가
잘난 사람끼리 사는 게 어디 삶인가
서로 돕고 함께 사는 게 좋은 세상 아닌가.

_박노해 〈그런 사람도 있어야지〉

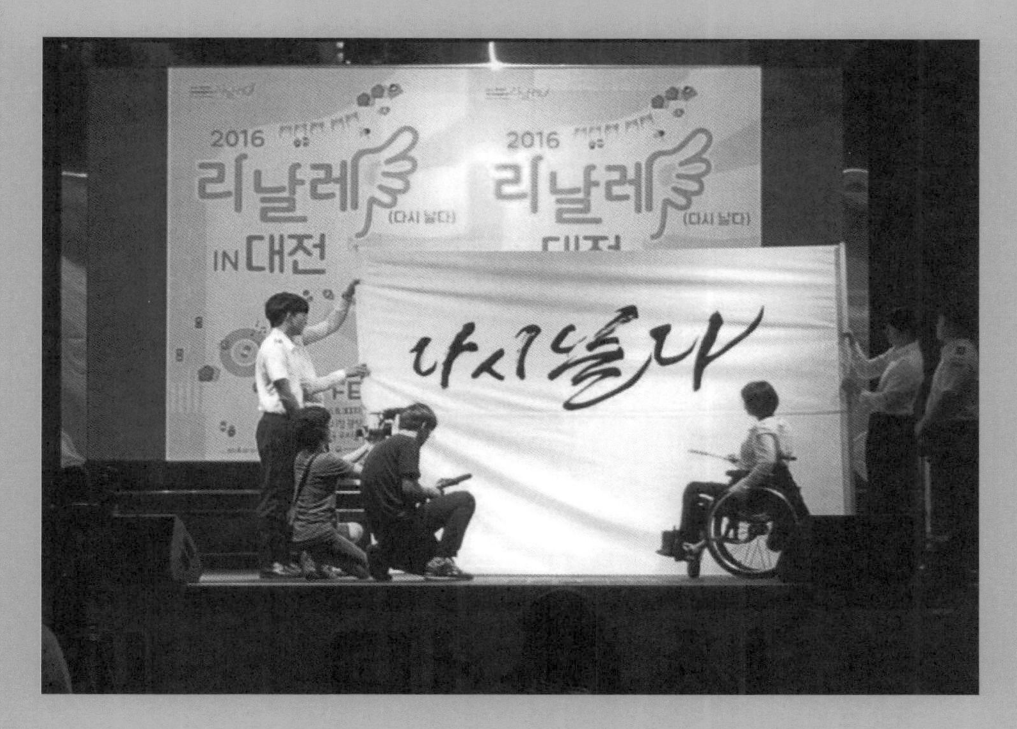

캘리그래피 퍼포먼스

| 주요 경력 |

들꽃 캘리그래피 대표
장애인창의문화예술연대 ‘잇다’ 대표
한국캘리그래피디자인협회 회원
2016 홍주신문 칼럼니스트
2017 굿모닝충청 캘리그래피 칼럼니스트 외.

| 학력 |

1991 원광대학교 미술대학 서예학과 입학
1999 나사렛대학교 인간재활학과 편입, 사회복지, 직업재활 전공
2001 나사렛재활복지대학원 재활심리학과 전공

| 캘리그래피 퍼포먼스 |

2015 장애인문화예술축제 “소통과 평등” 캘리그래피 퍼포먼스–대학로 야외무대
2015 충남척수장애인협회 어울림 행사 중 “일상의 삶”으로 퍼포먼스
2016 장애인문화예술축제 리날레 in 부천 캘리그래피 퍼포먼스
2016 장애인문화예술축제 리날레 in 대전 캘리그래피 퍼포먼스
2016 장애인문화예술축제 리날레 개막식 캘리그래피 퍼포먼스–마로니에 야외무대
2016 제1회 한·중·일 장애인 서화교류전 개막식 퍼포먼스–국회
2016 캘리그래피한복패션쇼버무림기획및연출–캘리그래피 머플러 제작 및 퍼포먼스
2016 전국장애인체전 개막식 행사 캘리그래피 퍼포먼스
2016 초·중학교 새로문화경험톡! 함께하는예술경험톡! 캘리그래피 퍼포먼스 순회공연
2017 제주장애인체육회 창립10주년 기념식 행사 캘리그래피 퍼포먼스
2017 더좋은민주주의 충남포럼워크숍 개막식 캘리그래피 퍼포먼스
2017 사회복지법인 “한빛인 비전선포식” 캘리그래피 퍼포먼스
2017 서울특별시시장배 국제초청휠체어컬링대회 폐회식 캘리그래피 퍼포먼스
2017 KBL휠체어농구리그 시상식 퍼포먼스(올림픽파크텔)
2017 충남광역정신건강복지센터 정신건강대축제 개막식 퍼포먼스
2017 사회복지법인장수원(요양원) 캘리그래피 퍼포먼스
2017 당진꽃다지합창단정기공연 개막식 캘리그래피 퍼포먼스
2017 충남척수장애인협회 어울림 행사 개막식 캘리그래피 퍼포먼스 외.

| 전시 및 수상 |

2010 한국전통예술서예공모전 입선
2012 대한민국장애인미술대전공모전 서양화 부문 특선–서울시립미술관 전시
2012~현재 그림사랑 회원전(목동 해누리타운갤러리)
2012 한국장애인표현예술연대 그룹전(인사동 라메르미술관)
2015 한국장애인표현예술연대 그룹전(인사동 백상미술관)
2012~현재 연세대학세브란스병원 캘리그래피작품 상시전시
2014 캘리그래피 부채작품 2인전 "약속"
2015 대학로 이음센터 그룹전 캘리그래피 부채작품 전시
2015 캘리그래피작가 4인전 "글·먹빛 물들이다" (충남도청)
2015 척수장애인의 날 기념행사–캘리그래피 소품 전시
2015 충남광역정신건강증진센터 자살예방 포스터 대상–캘리그래피
2016 제7회 장애인문화예술축제 서예한마당/붓놀이전 서예퍼포먼스 및 시연
2016 문화가 있는 날, 대학로 이음센터 전시–캘리그래피작가 듀오전
2016 리날레 "장애인미술가의 꿈 날개를 달다" 입상 및 전시
2016 장애인미술가의 희망축제한마당 '희망키움' 입상 및 전시
2016 제7회 장애인문화예술축제 리날레 장애인서예한마당 '묵향 속으로' 수상 및 전시
2016 대학로 이음센터 그룹전–캘리그래피 부채전시
2016 제7회 한·중·일 장애인서화교류전(국회)
2016 당진장애인캘리그래피 와우! 제1회단체전(당진시청 로비)
2016 내포현대미술제 "아름다운 동행전"
2017 (사)한국척수장애인협회–감사패 수여
2017 장애인문화예술축제 우리의 자리 전시(광화문)
2017 캘리그래피 개인전 "첫사랑"(홍주문화회관)
2017 에이플러스아트 상품전시 및 판매(대학로 마로니에공원)
2017 당진장애인캘리그래피 와우! 제2회단체전(당진문예회관)
2017 ABLE ACCESS ART FAIR 2017 제4회 장애인창작아트페어(동대문디지털플라자)
2017 여성신문사주관 양성평등문화상 신진여성문화인상 수상
2017 수레바퀴 그림사랑 단체전
2017 A–AF기업판매전
2017 JW ART AWARDS 장려상 수상
2017 제11회 자랑스런 한국장애인상(문화예술 부문) 수상
2017 제8회 한·중·일 서화교류전 수상 및 전시 외.

| 작품 글씨 제작 |

2015 충남자원봉사센터 웹진 "함께하는세상" 로고 제작
2015 충남자원봉사센터 소식지 "사진 속의 캘리" 게재
2015 안희정 충남도지사 신문 광고 글씨 제작
2015 프랜치스코 교황 한국방문기념 캘리그래피 부채선물 제작
2015 충남도청 "깨끗한 충남만들기" 로고 제작
2015 꽃다지 정규음반 "일상의 삶으로" 앨범타이틀 로고 제작
2015 수레바퀴장애인문화진흥원 월간 소식지 표지 글씨 제작
2015 네이버카페 "장애인여행" 로고 제작
2015 장애인인권교육센터 로고 제작
2015 한국장애학회 로고 및 한국장애학학술지 북타이틀 제작
2015 꽃다지 합창단 소식지 로고 제작
2015 정신건강증진센터 자살예방–캘리그래피 포스터 대상 수상
2015 말레이시아 수상, 국무총리 캘리그래피 부채작품 제작 전달
2015 충남도청 로비공연 "Relationship" 글씨 제작
2015 어기구 국회의원 자서전 "나의 꿈 나의 길" 북타이틀 제작
2015 안희정 충남도지사 신문광고 글씨 제작
2016 가수 조성일 "일상의 삶" 싱글앨범 글씨 작업
2016 당진왜목바다축제 로고 제작
2016 충남도민 인권선포식기념식 타이틀 제작
2016 유럽연합지방정부 총회사무총장 '안드레아키퍼' 캘리그래피 선물 전달
2017 유기농딸기상품 "세아유" 로고 제작
2017 복지TV "두 바퀴로 떠나는 여행" 로고 제작
2017 발달장애인전통문화예술단 "얼쑤" 로고 제작
2017 전국장애학생체전 응원글씨 제작
2017 충남광역정신건강증진센터 생명사랑자살예방 캠페인 로고 제작
2017 척수장애인가이드북 '척수장애 아는 만큼 행복한 삶' 북타이틀 제작
2017 충남인재육성재단 로고 및 홍보제품 로고 제작
2017 오카리나 동쪽바다선한이웃 두 번째 앨범 디자인
그 외 캘리그래피 명함 외 캘리그래피 제품 다수 제작 외.

| 캘리그래피 강의 및 시연 |

2013~현재 초·중학교 강의–서예·캘리그래피 강의
2014 청양도립대학교 평생교육원 캘리그래피 강의

2014 홍동중학교·금마중학교·내포중학교 자유학기제 캘리그래피 강의
2015 홍성여자중학교 특수학급 장애 학생 캘리그래피 강의
2015 홍성농협문화센터 캘리그래피 강의
2016~현재 홍성아이쿱생협 캘리그래피 그룹 강의
2015 충남장애인체전·홍성다문화행사 캘리그래피 부스 참여
2015 홍성전교조 교사대상 캘리그래피 "공감과 이해" 특강
2015 충남 시·군·도 간부공무원 인권감수성교육, 공연
2015 청운대학교 외국인학생 대상 캘리그래피 특강
2015 충남도청 직원대상 "다시 쓰는 편지" 캘리그래피 특강
2015 충남장애인 자립지원센터-장애인 자립생활토크쇼(여성 장애인 예술가)
2015 세종시 중증장애인자립지원센터-인문학과 캘리그래피로 공감하는 토크쇼
2015 당진복지박람회 캘리그래피 시연
2016 홍성군 꿈드림 학교밖청소년 대상 캘리그래피 강의
2016 척수장애인대상 "마음 전하기" 캘리그래피 특강
2016 청양청소년센터(사)흙과샘 "소중한 나, 소중한 나의 이름" 캘리그래피 특강
2016 천안YMCA청소년마을학교 캘리그래피 강의
2016 홍주향교 청소년문화체험학교 "나도 선비다" 캘리그래피 특강
2016 서천군 건강가정 다문화지원센터 행사-캘리그래피 글씨 제작 지원
2016 세종축제 '세종시 한글 산업전' 부스 참여
2016 충남청소년정신건강학술제 "마음대로1318" 캘리그래피 시연
2016 홍성역사인물축제 캘리그래피 엽서써주기 행사
2016 충남도민인권선언 선포2주년 기념행사-캘리그래피 시연
2016 충남도민인권선언 선포식 글씨 제작
2016 장애인문화예술축제 대학로 마로니에 캘리그래피 엽서써주기 부스
2016 홍성청소년어울림마당 "청소년그리고 공감" 페스티벌 캘리그래피 부스
2016 천안YMCA청소년마을학교 캘리그래피 강의
2017 금당초·내포중자유학기제 캘리그래피 강의
2017 홍성노인종합복지관 캘리그래피 강의
2017 홍성사회복지관 캘리그래피 봉사단 캘리그래피 강의
2017 충남도의회 의정토론회 "충남장애인문화예술의 발전방향" -토론 참여
2017 배리어프리 국토탐방로드 참가-캘리그래피 부채 시연
2017 홍성역사인물축제 캘리그래피 부채 시연
2017 충남인재육성재단 홍보 캘리그래피 엽서 시연
2017 홍성군 주민복지·자원봉사 박람회 예술체험 부스 운영
2017 금산 세계인삼엑스포 캘리그래피 부채 시연 외.

| 방송출연 및 매거진 |

2015 MBC 함께사는세상 희망프로젝트 '나누면 행복'(TV 매니아) 출연
2016 TV이웃 다정다감 출연
2016 휴먼다큐 희망인 39회 캘리그래피 작가 이은희 출연
2016 KBS3라디오 함께하는 세상만들기 특별토요초대석 출연
2017 충남도청 홍보영상 출연
2017 대전KBS 주부들이 만드는 사람사는 세상을 위하여-초대석 출연 외.

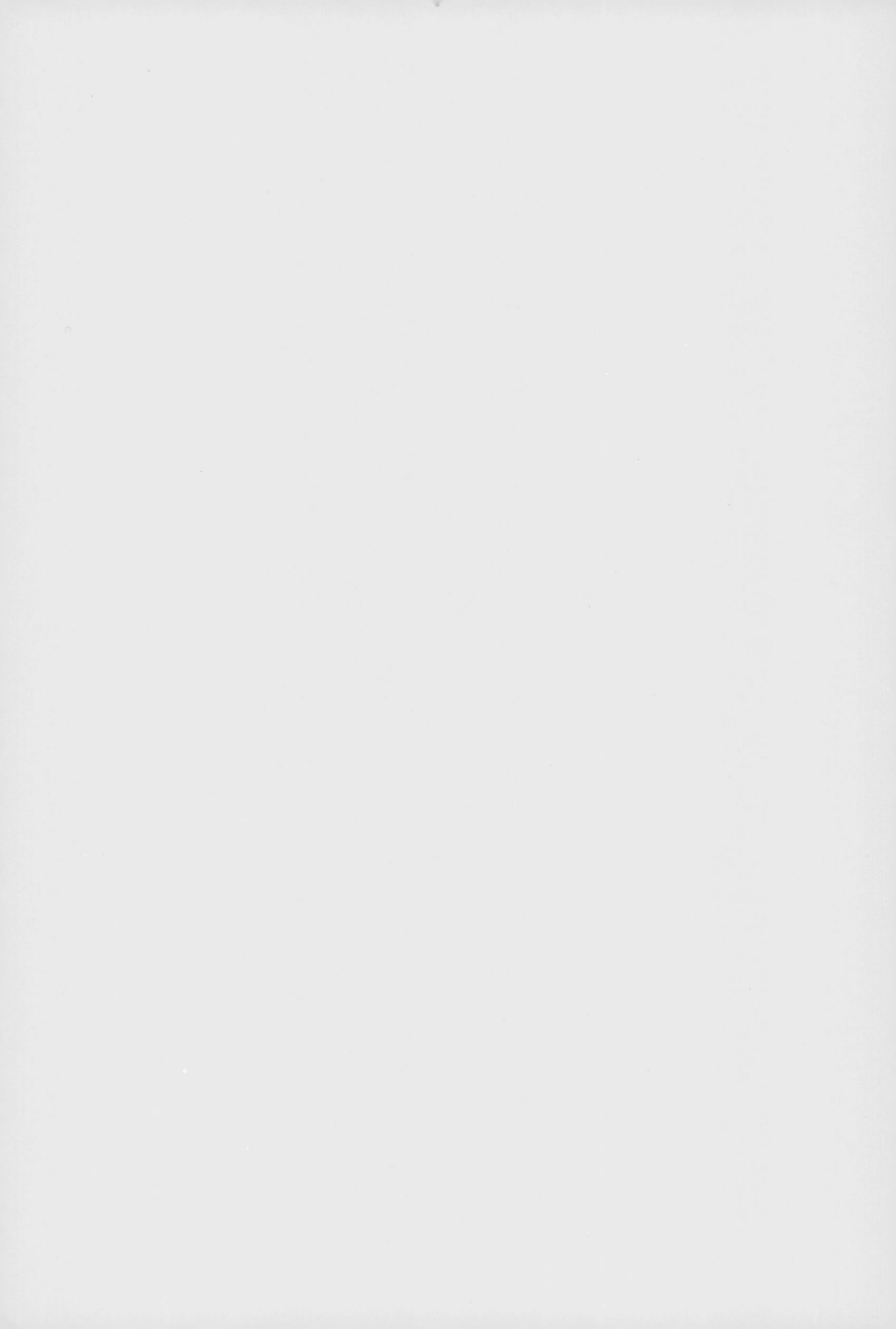